Andreas Fieberg

Im All ist immer Mitternacht

Geschichten

AF570093

Andreas Fieberg

IM ALL IST IMMER MITTERNACHT

Geschichten

edition gedankenstrich

Bibliographische Information der Deutschen Nationalbibliothek:
Die Deutsche Nationalbibliothek verzeichnet diese Publikation
in der Deutschen Nationalbibliographie; detaillierte bibliographische Daten
sind im Internet über dnb.dnb.de abrufbar.

2. Auflage 2024

© 2021 Andreas Fieberg, edition gedankenstrich, Band 8
Titelgraphik: Stan Yancovich, Illinois/USA („Out of Space“)

Herstellung und Verlag: BoD – Books on Demand, Norderstedt
Printed in Germany

ISBN 978-3-759766915

Inhalt

Der Fall des Astronauten

Der Traum war immer der gleiche. Richard umarmte seine Frau, als wollte er sie nicht mehr loslassen, dann löste er sich aus ihren Armen und öffnete die Kellertür. Er stieg die Treppe hinab und tastete mit der Ahnung eines Unheils nach dem Lichtschalter. Während er sich noch fragte, was denn nicht in Ordnung sein mochte, erhellte schon der Schein einer nackten Glühbirne den unverputzten Raum, und sein Blick fiel auf eine in den Boden eingelassene Falltür. Sie war ihm fremd. Dies war sein Keller; er gehörte zu dem Haus, das er seit Jahren bewohnte, aber in seinem Keller gab es keine Falltür. Richards Beunruhigung wuchs, als er sich klarmachte, daß die Tür nirgendwo hinführen konnte, es gab ja kein zweites Kellergeschoß.

Er sah sich über den rauhen Betonboden schreiten und sich über die Falltür beugen. Mit einer Mischung aus Angst und Faszination schob er seine Finger durch den rostigen Ring. Mühelos schwang die Tür auf und schmetterte auf den Boden neben dem rechteckigen Loch, das sich nun vor ihm auftat.

Nie wußte er im voraus, was ihn hinter der Falltür erwartete, erst als er ihm gegenüberstand, erinnerte er sich, es schon unzählige Male gesehen zu haben. Er blickte in einen klaren, blauen Himmel, über den vereinzelte Wölkchen trieben.

Er wollte nicht in die Öffnung steigen, aber niemals konnte er seinen Fuß daran hindern, es zu tun. Richard trat ins Leere. Er fiel. Fiel ins Bodenlose.

Sein eigener Schrei weckte ihn. Er kam aufgerichtet in seinem Bett zu sich; seine Brust unter dem schweißnassen Hemd hob und senkte sich. Ein zweiter Schrei entfuhr ihm, als er sah, was mit seinem Zimmer geschehen war. Denn der Alptraum ging weiter.

Richard warf sich zurück, die Arme weit von sich gestreckt, die Finger in die Laken gekrallt, und starrte auf seine Umgebung. Von der gekalkten Fläche unter ihm ragte ihm eine Zimmerlampe entgegen. Die Bilder an den Wänden … sie hingen nach oben, an Nägeln, die unter ihnen angebracht waren. Richards Bett haftete an der Decke. Er wagte nicht, aus dem Fenster zu sehen, zu groß war seine Furcht vor dem Anblick. Reglos blieb er liegen und wartete. Erst allmählich schwand der Eindruck, die Welt wie von einem Achterbahnwagen aus zu betrachten, der auf dem Scheitelpunkt einer Loopingschleife stillsteht. Wie in einem Vexierbild kippte er um, allerdings quälend langsam. Es gab ein leichtes Schwindelgefühl, wie von schwappender Flüssigkeit in seinem Kopf, als würde dort eine Wasserflasche gedreht, dann zeigte sich sein Zimmer wieder in der gewohnten Orientierung von oben und unten.

Richard stemmte sich aus dem Bett, rieb und streckte seine von der Anspannung schmerzenden Glieder und schlurfte ins Bad. Nach der Dusche und noch ins Handtuch gewickelt, griff er zum Telefon und wählte eine Nummer. Es dauerte nicht lange, bis sich die Gegenstelle meldete, dies war eine nur für Angehörige der Raumfahrtbehörde eingerichtete Leitung. Richard gehörte zur ehemaligen Besatzung der *Ikarus,* die vor einem halben Jahr von ihrem Flug zum Mars zurückgekehrt war. Richards frühes Interesse für die Astronomie hatte sich im Laufe der Jahre zur unbezwingbaren Leidenschaft entwickelt.

Er hatte sich nach der Weite des Alls gesehnt, aber es war ein Drängen gewesen, das nur in der Entfernung entstehen konnte, genährt von den Kilometern, die ihn von den Sternen trennten.

»Guten Tag, Richard, was kann ich für Sie tun?«

Die Stimme des Psychiaters knisterte am anderen Ende einer schlechten Verbindung.

»Es wird immer schlimmer. Es geht mir nicht mehr aus dem Kopf. Diese eine Sache.« Richard rieb sich über die Stirn, hinter der ein dumpfer Schmerz pochte.

»Wollen Sie darüber reden?«

»Das habe ich doch schon so oft getan.«

»Ich höre Ihnen auch jetzt wieder zu.« Die Stimme klang wie die Aufzeichnung eines alten Phonographen, voller Rauschen und Kratzer.

»Also gut …«

Kurz nach dem Start hatte sich etwas ereignet, das Richard für immer von dem festen Platz wegrückte, den er bisher in der Welt eingenommen hatte. Die Rakete hatte den wütenden Orkan aus Feuer, Hitze und Gas der Erde entgegengeschleudert, von deren Anziehungskraft sie mit unsichtbarer Titanenhand umklammert und zurückgehalten wurde, hatte sich Spanne um Spanne emporgearbeitet und sich unter stetiger Kraftanstrengung aus dem Zugriff des Planeten gekämpft.

Dann war der Punkt gekommen, an dem der Bann der Gravitation von ihr abfiel, die Rakete schoß in den Weltraum hinaus. Schwerelosigkeit setzte ein, und plötzlich drehte sich für Richard das Bild des Startes um, es stand kopf. Die Rakete stieg nicht mehr, sie fiel – sie stürzte vornüber durch den Raum, in die Leere zwischen den Sternen, motorenbrüllend ins Nichts. Das All hatte Richard verschlungen und niemals mehr freigegeben.

»Aber Ihre Kameraden haben Ihnen geholfen, als die Schwerelosigkeit einsetzte und Sie durchdrehten«, erinnerte ihn der Psychiater. Das wußte Richard, als wäre es erst gestern gewesen. Sie hatten ihn gepackt und ihn in die große rotierende Trommel gesteckt, die Schwerkraft simulierte.

»Sie wurden ruhiger, als die Fliehkraft Sie so stark wie die Erdgravitation in die Polster drückte. Sanft, vertraut – das waren Ihre Worte. Es war ein gutes Gefühl, sagten Sie.«

»Begreifen Sie denn nicht«, schrie Richard unvermittelt in den Hörer. »Es war nicht echt! Eine Täuschung. Betrug! Künstliche Schwerkraft – wie lächerlich!« Er atmete schwer. Dann, als er wieder sprechen konnte, sagte er: »Und wissen Sie was? Hier auf der Erde ist es das gleiche. Ich fühle mich nicht mehr sicher.«

Richard hatte die Ferne zu den Sternen mit schmerzendem Bewußtsein erlebt, als er aber aus dem All zurückkehrte, war sie für alle Zeiten aufgehoben, er war Teil des Alls geworden und konnte nicht mehr in den behaglichen Schutz der Abgeschiedenheit flüchten, er war umschlossen vom Universum, er spürte, wenn er in den nächtlichen Sternenhimmel blickte, den gigantischen, alles menschliche Maß übersteigenden Sog.

»Soll ich Ihnen sagen, was ich tun werde?« fragte Richard. Der andere wartete schweigend.

»Ich werde Vorkehrungen treffen, für den Fall der Katastrophe. Alle Möbel schraube ich fest, lose Gegenstände werden fixiert, ich selber schlafe nur noch ein, nachdem ich mich mit Gurten am Bett festgeschnallt habe. Damit mich der Sturz ins Leere nicht in der Nacht überraschen kann.«

Stille, nur das Summen in der Leitung. Schließlich ein Räuspern.

»Sie sollten wirklich in der Klinik vorstellig werden. Ich mache mir ernsthafte Sorgen um Sie.«

»Ich bezweifle, daß Sie mir helfen können.«

In einer der ersten Sitzungen war der Psychiater tatsächlich ratlos gewesen. Er hatte nicht viel mit Richards Problem anfangen können, dozierte bloß herum, in dem fruchtlosen Bemühen, seinen Fall irgendwie zu klassifizieren. Er stocherte im Trüben.

»Eine Phobie, ohne Zweifel. Sie wissen, oft fürchten sich Menschen etwa davor, einen großen Platz zu überqueren, andere überkommt Schwindel, wenn sie sich über die Brüstung eines hohen Turms neigen, Sie hingegen ...«

Er hatte sich vorgebeugt, als ihm ein plötzlicher Einfall kam. »Sehen Sie, Menschen vergangener Zeiten fürchteten, der Himmel könnte einstürzen und sie unter sich begraben. Für den modernen Menschen aber besteht der Schrecken in der Vorstellung, *in* den Himmel zu fallen und von ihm *verschluckt* zu werden.« Mit einem triumphierenden Lächeln hatte er sich in seinem Sessel zurückgelehnt.

Trotz dieser wirren Reden hatte Richard sich eine Schilderung seiner nächtlichen Heimsuchungen entlocken lassen. Die Umarmung in seinen Träumen war ein Duplikat jener Umarmung, mit der er sich bei seinem Aufbruch ins All von seiner Frau verabschiedet hatte. Das machte ihm deutlich, daß es mehr ein Festhalten, eine Umklammerung gewesen war, die die Entfernung zwischen ihnen überbrücken sollte, jene Sternenweite, die er zwischen sie legte, die zwar schon lange da gewesen war, erst jetzt aber offenbar wurde. Denn die Intensität, mit der sie ihre Liebe lebten – oder das, was sie dafür hielten –, ihre Ruhelosigkeit und Heftigkeit sollten sie nur darüber hinwegtäuschen, auf welch unsicherem Boden ihre Gefühle standen.

Die Stimme aus dem Telefonhörer holte Richard aus seinen Erinnerungen zurück in die Gegenwart.

»Es gibt eine gute Nachricht!«

Der Psychiater klang unangemessen heiter. Es war das Echo aus einer Welt, die Richard vor langem verstoßen hatte. Wie aus einer anderen Welt waren auch die Vorstellungen des Arztes: »Ich werde im *Scientific Columbia* einen Fallbericht über Sie veröffentlichen. Das Syndrom, das ich bei Ihnen beschrieben habe, wird nach mir benannt werden.« Selbst durch das atmosphärische Rauschen hindurch war der Stolz in seiner Stimme hörbar. Richard hatte sich geirrt. Hier war keine Hilfe zu erwarten. Er legte auf.

Die Welt, das wußte Richard, war in Gefahr, doch zog sie es vor, diese Gefahr zu ignorieren. Es erbitterte ihn, wenn von den »Antipoden« die Rede war. War er denn der einzige, der die Wahrheit erkannte – daß wir nämlich *allesamt* Antipoden sind, kopfüber aufgehängt wie Fledermäuse, an einer lächerlichen Kugel, den Himmel als Abgrund *unter* uns?

Richard, so war ihm bewußt, hing nur vage an der Erde, mit ihr verbunden durch den Faden einer fragwürdigen Gravitation; die Erde ihrerseits wirbelte wie an einer Schnur befestigt um die Sonne. Hatte man es ihm so nicht schon als Kind, in der Schule, beigebracht? Seltsam, all die Jahre hatte er nicht mehr daran gedacht, jetzt aber sah er das Bild deutlich vor sich, wie der Lehrer in einer Physikstunde auf dem Schulhof stand, von der Klasse in einem weiten Kreis umringt, und an einer Kordel einen Ball über seinem Kopf kreisen ließ, um so die Natur des Sonnensystems zu veranschaulichen. Aber die Kordel war gerissen und der Ball über die erschreckten Kinder hinweg weit über den Platz ins Nirgendwo gesaust.

Die Lehre, die daraus zu ziehen war, lautete: Alle Körper des Universums streben auseinander, ein Zusammenhalt der Massen ist nur zufällig und von endlicher Dauer. Die Sterne standen starr am Himmel, doch diese Ruhe war trügerisch. Und selbst wenn man in Rechnung stellte, daß sich die Sternbilder verschoben wie eine mit Nadelstichen durchlöcherte schwarze Pappe, die eine unsichtbare Hand über das nächtliche Firmament zog, so stimmte es so immer noch nicht. Tatsache war, daß von einem weniger engen, weiteren Standpunkt aus die Galaxien wie Nebel im Wind auseinanderdrifteten, Sonnen explodierten, Planeten ihre Bahnen verließen, Gesteinsbrocken ziellos durch leeren Raum trieben. Und er, Richard, mittendrin, in diesem Chaos notdürftig an jenen Klumpen Erde geheftet, den Himmel stets in seinem Rücken – diese lauernde blaue Weite, diese leere Tiefe, diese haltlose Unendlichkeit …

Hatte sich seine Frau anfangs mit dem Bild eines Helden, eines Pioniers, noch über die Enttäuschung hinwegtrösten können, daß Richards Sternensehnsucht stärker war als sein Verlangen nach ihr, so taugte Richard nach seiner Rückkehr als Gebrochener nicht länger zum Objekt ihres Stolzes. Das All hatte nicht nur seine Seele zu Sternenstaub zermahlen und seinen Verstand deformiert wie eine leere Blechdose tausend Meter unter dem Meer, sondern auch die Anziehung zwischen Richard und ihr aufgehoben.

Ja, genau so mußte es sein: Sie hatten ihre gegenseitigen Anziehungskräfte eingebüßt, wurden zu umherirrenden Himmelskörpern, aus ihren gleichförmigen Bahnen gerissen, auf die sie sich vormals selbst gezwungen hatten – sie nicht länger sein Stern, sondern ein Komet, der sich von ihm und von dem er sich entfernte.

Was hatte sie sich eigentlich dabei gedacht, als sie ihn – bei einer ihrer seltenen Begegnungen nach ihrer Trennung, als sie zur Weihnachtszeit den Kindern zuliebe noch einmal Familie spielten – in jenen neuen Einkaufskomplex mit der riesigen Eingangshalle schleppte, deren Boden ganz mit Spiegeln ausgelegt war? Im Rückblick sagte sich Richard, daß kein Plan dahintersteckte, absichtslos hatte sie ihn über die glatte Fläche geführt, die die Glaskuppel und den tiefhängenden Himmel reflektierte. Richard war mitten in der Halle erstarrt und konnte sich nicht mehr von dem Anblick losreißen – es war eine perfekt inszenierte Illustrierung seiner Ängste. Richard war gefangen gewesen in der Mitte zwischen zwei Polen, Oben und Unten waren sich gleich, er hatte die Orientierung verloren.

Seine Frau mußte den hilflos Erstarrten mit sanfter Gewalt aus der Halle lotsen.

Als sein Alptraum schließlich wahr wurde, empfand Richard eine merkwürdige Ruhe, ja Kaltblütigkeit – das angstvolle Warten hatte ein Ende.

Er erwachte von dem Ruck, mit dem die Ledergurte sich strafften und ihn auf dem Bett festhielten. Er öffnete die Augen. Sein Kopfkissen und etliche Bücher aus einem schlecht gesicherten Regal lagen über die Zimmerdecke verstreut. Alles andere blieb, mit Schrauben und Schnüren befestigt, an seinem Platz.

Richard löste die Gurte und ließ sich vorsichtig auf die Decke, die ihm jetzt als Boden diente, hinab. Er blickte aus dem Fenster, sah den Parkplatz als asphaltiertes Dach über einem weiten, himmelblauen Zimmer, das vom Licht der Morgensonne erfüllt war.

Der Speicher sah aus, als wäre ein Wirbelsturm hindurchgezogen. Es war nicht einfach gewesen, sich durch ein Treppenhaus, dessen Stufen sich über Richards Kopf befanden, dort hinunterzuhangeln, aber er hatte es schließlich geschafft. Durch die Bodenluke sah Richard auf die Verwüstungen hinab. Die Dachziegel waren verschwunden, Teerpappe hing in Fetzen von den Balken. Das nackte Gerippe des Dachstuhls hielt die sperrigeren Teile des Gerümpels zurück wie in einem hölzernen Netz; Richard hatte sich nicht die Mühe gemacht, die ausrangierten Dinge auch noch zu sichern. Aus einer abgerissenen Leitung rieselten Wassertropfen ins Bodenlose, eine funkelnde Perlenkette, vom Wind in sanfte Schwingungen versetzt, und wurden eins mit dem grenzenlosen Blau.

Richard kroch zurück und arbeitete sich zum Telefon vor. Er wählte die Nummer seines Psychiaters, hörte aber nur das Besetztzeichen. Das Gleiche unter dem Anschluß seiner Ex-Frau. Er probierte es mit allen Telefonnummern aus dem Freundeskreis, die ihm einfielen, dann versuchte er die Auskunft, die Entstörungsstelle zu erreichen, die Ansagedienste abzurufen – das Ergebnis war immer dasselbe, er bekam nichts zu hören als das kurzatmige, nervöse *Tut-Tut-Tut-Tut*. Es konnte ihn kaum verwundern, wenn er daran dachte, wie er seinen eigenen Telefonapparat vorgefunden hatte. Überall im Land würden die Telefone an ihren Schnüren herabbaumeln, die Hörer wie in den leeren stummen Äther ausgeworfene Köder auf dem Fang nach einem Gespräch, und niemand biß an.

Aber selbst wenn alle anderen von dem Ereignis überrascht worden waren, mußte es irgendwo Menschen geben, die überlebt hatten. Richard fixierte den Telefonhörer wieder auf der Gabel, für den Fall, daß ihn doch noch jemand anwählen sollte, und wartete auf das Zeichen, das den Alp zerreißen würde.

Er kauerte in einer Ecke nieder, die Arme um den Körper geschlungen, dachte an seine Frau und begann, sich in seiner eigenen Umarmung langsam vor- und zurückzuwiegen.

Wohnungsnot

Fast hätte Wuttke vor dem Gewirr aus Einbahnstraßen kapituliert, das er nun schon seit geraumer Zeit durchkreuzt, und wäre unverrichteter Dinge nach Hause gefahren. Aber gerade, als er die Hoffnung aufgeben will, entdeckt er die kleine Seitenstraße, an der er sicher schon dreimal vorbeigefahren ist, biegt kurz entschlossen ein und findet sich eine Abzweigung weiter unvermittelt in der Straße wieder, die in dem Inserat angegeben war.

Wuttke stellt den Wagen ab und vergleicht die Adresse auf dem Zettel zum wiederholten Male mit der Hausnummer. Schon von außen sieht er, daß das Gebäude ihm nicht zusagen wird. Die Keller und Erdgeschoßfenster sind vergittert, und die Fassade macht einen heruntergekommenen, düsteren Eindruck. Er hat sich schon wieder halb auf seinen Sitz sinken lassen, um zu seiner alten Wohnung zurückzukehren, als ein schlohweiß umkränzter Glatzkopf in einem der Fenster im ersten Stock erscheint.

Wuttke nickt mechanisch. Jetzt ist es zu spät, sich noch aus dem Staub zu machen. Die Höflichkeit gebietet es, daß er wenigstens pro forma die Räumlichkeiten besichtigt und sich mit ein paar unverbindlichen Floskeln der Situation entzieht. Der andere kommt ihm schon über den Kiesweg entgegen.

»Reiter mein Name.« Wuttke ergreift widerstrebend die dargebotene Hand. »Wir haben vorhin miteinander telefoniert. Schön, daß Sie doch noch hergefunden haben.

»Die Einbahnstraßen …«, sagt Wuttke und weist mit vager Geste auf das Häusermeer in seinem Rücken. Reiter lacht.

»Tja, da wären Sie nicht der erste, der sich verfahren hätte. Aber jetzt sind Sie ja da. Kommen Sie.«

Reiter schließt umständlich die Tür auf, Wuttke folgt ihm ins Innere. Muffiges Halbdunkel empfängt sie. Die Zimmer sind genauso, wie Wuttke sie sich vorgestellt hat, eigentlich noch schlimmer, wenn man genauer hinsieht. Die Tapeten lösen sich an vielen Stellen von den Wänden, Ecken und Winkel sind schwarz vor Schimmelpilz, der fleckige Teppichboden hat Buckel und Vertiefungen von dem verrotteten Trägermaterial darunter. Reiter bemerkt Wuttkes skeptische Blicke und sagt rasch, daß hier und da natürlich noch eine Kleinigkeit auszubessern sei ... Aber gegen die rostigen Schlieren an Waschbecken und Toilette wäre auch der schärfste Reiniger machtlos, denkt Wuttke. Nichts liegt ihm ferner, als hier einzuziehen, trotzdem fragt er den Mann nach der Miete. Der Preis, den Reiter ihm nennt, bestärkt Wuttkes Entschluß. Es fällt ihm jetzt noch schwerer, seine Ungeduld unter dem Mantel guter Umgangsformen zu verstecken. Eine Unverschämtheit, eine solche Summe für diese Bruchbude zu verlangen! Ihm ist jetzt daran gelegen, die Begegnung so schnell wie möglich zu beenden. Auf die Besichtigung der Kellerräume verzichtet er, sehr zu Reiters Bedauern.

Dann geschieht etwas, womit Wuttke nicht gerechnet hat und was die Sache für ihn noch abstoßender macht. Reiter hat sich aufs Jammern verlegt und folgt ihm winselnd sogar bis zu seinem Wagen. Der Vermieter faselt etwas von Arbeitslosigkeit und einem halben Dutzend Mäuler, die zu stopfen wären, und bietet eine Aufteilung der Renovierungskosten an. Wuttke dreht den Zündschlüssel. Als Reiter sich auch von dem laufenden Motor nicht bremsen läßt, hat Wuttke genug. Er tritt aufs Gas und sieht den gestikulierenden Hausbesitzer im Rückspiegel kleiner werden.

Wuttke ist erleichtert, diesem trüben Leben entwichen zu sein. Es schüttelt ihn bei dem Gedanken an Reiters Welt. Vor ihm taucht das Bild einer Frau im schief geknöpften Morgenmantel auf, mit strähnigen Haaren, auf dem Arm ein brüllendes Balg, die ihren Mann mißmutig empfängt – »Hast du immer noch keinen Mieter gefunden?« – während im Hintergrund der Rest von Reiters tobender Brut die Wohnungseinrichtung in kindgerechte Teile zerlegt.

Wuttke verscheucht die tristen Gedanken mit seiner Lieblingsphantasie von einem schönen Heim. Jetzt, kurz vor seiner Pensionierung, ist er auf der Suche nach einem gemütlichen Altersruhesitz, in den er sich zurückziehen will, um seinen Lebensabend in Beschaulichkeit zu verbringen; ein Schneckenhaus, abgeschieden von den Unbilden der Welt. Irgendwo in der Stadt wird sich schon etwas Passendes finden, etwas, das eher seinen Vorstellungen entspricht als dieser Kasten, den Reiter ihm hat aufschwatzen wollen. Irgendwo wartet sein Traumhaus auf ihn. Irgendwo, aber gewiß nicht hier. Wuttke hofft nur, daß er das Viertel bald hinter sich lassen wird. Wieder machen ihm die Einbahnstraßen zu schaffen. Immer wenn er das Gefühl hat, nach der nächsten Abzweigung der Altstadt zu entkommen, zwingt ihn ein neues Schild in eine andere Richtung. Es ist zum Verzweifeln! Einmal kann er durch eine Seitenstraße sogar einen Blick auf jene Verkehrsader werfen, die ihn in seine Gegend zurückgeführt hätte, aber er muß einen großen Bogen schlagen, um sich von der anderen Seite an die Stelle heranzutasten, die natürlich – einmal aus den Augen verloren – unauffindbar bleibt.

Bald hat Wuttke den letzten Rest an Orientierung verloren. Und irgendwann fällt ihm auf, daß alle Straßen, an die er sich erinnern kann, zurück zu Reiters Haus führen … Diese Erkenntnis lähmt ihn für eine Weile. Unfähig, auch nur einen weiteren Meter auf dem Weg zu diesem Alptraum zurückzulegen, parkt Wuttke den Wagen am Straßenrand. Er umklammert das Lenkrad, das letzte, was ihm noch Halt bietet, bis sein Kopf auf das kalte Leder sinkt.

Der Abend dämmert bereits, als sich Wuttke soweit gefaßt hat, daß er seine Fahrt fortsetzen kann. Zu allem Übel beginnt es nun auch noch zu schneien! Wie ärgerlich, daß er sich heute nachmittag so hastig von Reiter verabschiedet hat, wenigstens nach dem richtigen Weg hinaus hätte er ihn fragen sollen! Das muß er jetzt nachholen, so wenig es ihm auch behagt …

Zu seiner Überraschung ist das Haus erleuchtet, und Wuttke sieht Reiters Silhouette durch die Räume ziehen wie ein verlorenes Gespenst. Die tanzenden Flocken in dem Schein der Außenlampe und die Decke frisch gefallenen Schnees im Vorgarten mildern den Eindruck des Tages ein wenig, und Wuttkes Widerwillen weicht einer unbestimmten Melancholie. Er klingelt, und als hätte Reiter die ganze Zeit hinter der Tür gewartet, springt sie auf.

»Jesus-Maria-und-Josef!« ruft Reiter und zieht Wuttke in das Haus. »Ich wußte, daß Sie wiederkommen würden! Wie habe ich dafür gebetet!«

Wuttke blinzelt in dem grellen Flurlicht, in Reiters Händen bemerkt er ein kleines abgenutztes, gußeisernes Kreuz.

»Nie habe ich die Hoffnung aufgegeben, und schließlich sind meine Gebete erhört worden!«

Bei diesen Worten wallt der alte Zorn in Wuttke auf, am liebsten hätte er das lächerliche Kreuz, das Reiter mit Küssen bedeckt, seinem Besitzer in den Rachen geschoben und ihn damit zum Schweigen gebracht.

»Ich werde das Haus nicht mieten!« schreit Wuttke und ahnt im selben Moment, daß es anders kommen könnte.

»Im Obergeschoß steht eine Liege, die ich hin und wieder benutze«, sagt Reiter. »Die Straßen sind doch längst zugeschneit, und die Räumfahrzeuge kommen erst in der Früh. Seien Sie für diese Nacht mein Gast.«

Wuttke fügt sich ins Unausweichliche. »Aber morgen zeigen Sie mir den Weg«, verlangt er streng, bevor er die Tür zu seiner Kammer zuzieht.

Reiter nickt beflissen.

Am nächsten Tag versucht Wuttke dem Ort zu entfliehen, aber Reiters Wegbeschreibungen erweisen sich als derart konfus, daß es unmöglich ist. Wieder kehrt er um, steht vor der verschlossenen Tür. Stille ist die einzige Antwort auf sein Klingeln. Wuttkes unsteter Blick fällt auf die Matte zu seinen Füßen, instinktiv hebt er sie an. Und tatsächlich, dort befindet sich ein Briefumschlag, darauf sein Name. In dem Umschlag steckt ein einzelner Schlüssel.

Mit zitternden Händen schließt Wuttke die Tür auf, betritt das Haus und läßt sich mit dem Rücken zur Türfüllung zu Boden sinken. Seine Furcht vor dem Straßengewirr, in das man sich immer tiefer verstrickt, je nachdrücklicher man versucht, sich aus ihm zu befreien, hat jedes Maß verloren. Sie übersteigt sogar den Widerwillen gegen dieses Haus. Wuttke ist am Ende seiner Kräfte.

Er weiß nicht, wieviel Zeit er auf der Liege mit den stockigen Decken verbracht hat, als Reiter ihm eines Tages nahelegt, doch seine Habseligkeiten aus der alten Wohnung nachkommen zu lassen.

»Jetzt, wo Sie schon so lange hier wohnen …«

»Wohnen?« fragt Wuttke. Ihm ist, als wäre er aus tiefem Schlaf gerissen worden und spürte noch nicht wieder den festen Boden einer vertrauten Wirklichkeit unter sich. »Wieso denn wohnen?«

»So nennt man das ja wohl«, bemerkt Reiter spitz und blickt zur Seite. »Und außerdem sind Sie schon mit zwei Monatsmieten im Rückstand.«

Wuttke fällt auf die Liege zurück und starrt an die Zimmerdecke. Wasserflecken zeichnen die Umrisse fremder Kontinente auf den brüchigen Putz

»Kümmern Sie sich um ein Umzugsunternehmen«, flüstert er. »Bitte.«

Wuttkes Schritte hallen in dem leeren Haus wider, als er müde durch die Räume wandert.

»Das Wohnzimmer«, sagt er halblaut und stattet den Raum in Gedanken mit seinen Möbeln aus. Er geht weiter.

»Die Küche.« Er erreicht die zweite Etage. »Das Schlafzimmer.« Seine Stimme klingt, als spräche er in einen tiefen Brunnen. Er dreht sich um und seufzt. Irgendwoher, aus irgendeinem Winkel, meldet sich ein verirrtes Echo – und dringt durchs Dämmerlicht zu ihm: sein eigenes Seufzen, das aus der Tiefe seines Herzens kommt, während er sich in unruhigen Träumen auf der alten Liege wälzt.

Wuttke sitzt hinter einem der vergitterten Fenster im Erdgeschoß und beobachtet die vorbeifahrenden Autos. Woher kommen sie? Wohin fahren sie? Niemals bekommt er ein und dasselbe Fahrzeug ein zweites Mal zu Gesicht. Und erst als der Umzugswagen den letzten Karton in das Haus gebracht hat und davongefahren ist, fällt Wuttke ein, daß er den Spediteur auf dem Weg hinaus hätte begleiten können. Aber er hätte nicht mehr gewußt, wohin.

Gehet hin in Frieden

Roger kurvte in dem kleinen Lieferwagen über den kochenden Asphalt, lenkte ihn in den Schatten neben dem zwanzigstöckigen Bau des Krankenhauses. Er seufzte, als er daran dachte, daß das nicht viel nützen würde, denn wenn er von seinem Verkaufsgespräch zurückkehrte, wäre der Wagen trotzdem der reinste Backofen. Roger wünschte, die Fahrerkabine wäre ebenso gut klimatisiert wie der Laderaum, wo die Geräte standen. Er stieg aus und wählte ein angemessenes Vorführmodell, beugte sich tief in die erfrischende Kühle, überprüfte das Zubehör und fummelte länger als notwendig an der Anlage herum. Ein kalter Lufthauch trocknete seine feuchte Stirn.

Die Tablets unter den Arm geklemmt, rückte Roger seine Krawatte zurecht, schickte ein Stoßgebet zum Himmel und erklomm die Stufen zum Portal. Die Eingangshalle war ganz in grau-weißem Marmor gehalten, zur Rechten gab es ein Becken, in das sich ein künstlicher Wasserfall ergoß, der irgendwo dort oben unter der Glaskuppel entsprang. Auf allen Stockwerken rankte Efeu über die Brüstung der Galerien.

Das weibliche Wesen an der Rezeption konnte abweisender kaum sein. Mit einem Stirnrunzeln nahm sie Rogers Karte entgegen; es war allzu offensichtlich, daß Roger in dem blauen Anzug, den staubigen Straßenschuhen und mit dem Gerätschaften im Schlepp nur ein Klinkenputzer auf Verkaufstour war.

»Sacrosoft«, las die Dame halblaut; trotzdem verursachte ihre Stimme ein unangenehmes Echo. Roger warf einen Blick in die Runde, doch sie waren allein. »Abteilung für Devotions-Software und liturgische Applikationen …«

»Ich habe einen Termin mit Dr. Krüger«, erklärte Roger.

Die Empfangsdame schob die Visitenkarte mit spitzen Fingern zu ihm herüber.

»Augenblick bitte, ich melde Sie an.«

»Ja, bitte … ähm … danke«, murmelte Roger. Bei dem Krankenhaus handelte es sich nicht um eine der staatlichen Kliniken, sondern um ein privates Sanatorium. Wenn ihm diese Welt auch fremd, ja, zuwider war, so sah Roger sich doch gezwungen, sie zu betreten und sich dort umzutun: Die heruntergekommenen Hospitäler, die er als Patient und von zahllosen Besuchen bei seinen siechen Angehörigen kannte, taugten nicht als Verkaufsfläche für die Produkte, die er vertrat.

Kurze Zeit später erschien eine jugendlich wirkende Krankenschwester in gestärkter, frisch duftender Arbeitskleidung, um Roger in Empfang zu nehmen. Roger folgte ihr über lange Flure, wo ihre Kolleginnen, ebenso jung und adrett, Patienten am Arm spazierenführten oder im Rollstuhl umherkutschierten. Hinter den Türen, an denen Roger und seine Begleiterin vorbeikamen, erklang klassische Musik, und hin und wieder konnte Roger einen Blick in einen der großzügig ausgestatteten Räume werfen, die gar nicht so aussahen wie die Zimmer eines Krankenhauses. Einzig das umherhuschende Personal, ausgestattet mit Blutdruckmeßgeräten, Bettpfannen oder Tabletts voller Medikamente, deutete auf die eigentliche Bestimmung dieser Einrichtung hin.

Hier roch es nach Geld, erkannte Roger, und zwar nach sehr viel Geld. Wenn er Glück hatte, konnte er hier einen guten Schnitt machen. *Glück,* dachte er beklommen und fing trotz der Klimaanlage an zu schwitzen.

Endlich hatten sie das Zimmer des Arztes erreicht, und die Schwester überließ Roger mit einem stummen Kopfnicken zur verschlossenen Tür hin seinem Schicksal. Roger klopfte zögernd, und bevor er der Aufforderung einzutreten nachkam, wischte er verstohlen seine feuchte Hand am Hosenbein ab.

»Bitte, setzen Sie sich«, sagte Dr. Krüger ohne aufzublicken. Er blätterte noch eine Weile in der Akte, bevor er seine klobige Brille absetzte und Roger skeptisch musterte. Zum zweiten Mal an diesem Tag händigte Roger seine Visitenkarte aus.

»Meinen Sie, wir brauchen hier so etwas?« fragte der Doktor, nachdem Roger sein Anliegen vorgetragen hatte.

»Ich bin überzeugt, Ihre Patienten werden diesen zusätzlichen Service zu schätzen wissen«, erwiderte Roger, wobei er hoffte, daß sein Lächeln echt wirkte. »In Zukunft werden Sie nicht mehr nur für ihre körperliche Gesundheit sorgen können, sondern sich auch für ihr Seelenheil verbürgen. Das bringt einen enormen Konkurrenzvorteil gegenüber den üblichen … äh … Knochenflickern!«

Dr. Krüger nahm den Ausfall gegen die medizinische Zunft ohne ein Wimpernzucken auf. Mit unbewegter Miene schaute er zu, wie Roger das Tablet auspackte, auf einem kleinen Ständer plazierte und startete.

»Sie haben sicher nichts gegen eine kurze Demonstration …?« fragte Roger, während er das Programm lud. Der Arzt schnaubte leise.

»Dazu sind Sie ja schließlich hier.«

»Ein Blick in das Produkt wird Sie überzeugen«, fügte Roger lahm an. Er verfluchte sich selbst für seine ungeschickte Hast. Hinter seinem Kragen sammelte sich Schweiß.

Dr. Krüger schob die Brille auf seiner Nase zurecht und beugte sich zu dem Display vor, als Glockenläuten ertönte und die wuchtigen Lettern des Titelzugs heraufdämmerten.

Orgelklänge schleppten sich durch den Raum, das düstere Innere einer gotischen Kathedrale rückte ins Bild. Schon erklangen die hallenden Schritte des Sünders, der sich schuldbeladen dem Beichtstuhl näherte, während die Säulen mit den Heiligenfiguren am Rande des Blickfeldes vorbeizogen und in die Schatten zurückglitten. Roger kannte die Einführungssequenz genau, trotzdem verfolgte er sie auch jetzt wieder voller Staunen, jedesmal erneut gebannt von der schwer lastenden Atmosphäre aus Schuld, Verzweiflung, Reue und Vergebung. Fast glaubte Roger, den Geruch von Weihrauch und blakenden Kerzen wahrzunehmen.

Auch Dr. Krüger konnte sich der Faszination nicht entziehen. Plötzlich bemerkten die beiden Männer, daß ihre Köpfe über dem Display beinahe zusammenstießen; mit einem verlegenen Lachen richteten sie sich auf.

»Schauen Sie, es geht weiter!« sagte Roger.

Der Vorhang zum Beichtstuhl teilte sich, der unsichtbare Sünder kniete auf dem schmalen Bänkchen nieder, und der Betrachter mit ihm. Hinter dem Geflecht aus Holzleisten war der Schemen eines Gesichts zu erkennen – der wartende Geistliche, bereit, der Litanei menschlicher Vergehen zu lauschen. Ein streng blickendes Auge funkelte im Halbdunkel zwischen den Maschen des Gitters auf, bevor die Animation anhielt.

»Mein Gott«, murmelte Dr. Krüger beeindruckt.

»Soweit die Einleitung«, sagte Roger. Ein versteckter Stolz belebte seine Stimme, als hätte er selbst diese Sequenz geschaffen. »Jetzt geht es zur Sache. – Der Beichtspiegel«, erläuterte er, als er mit dem Mauszeiger ein Menü aus einem Panel am oberen Rand der Grafik herunterklappte.

»Unter den Parametern läßt sich einstellen, nach welchen Kriterien die Beichte abgenommen werden soll. Sehen Sie, 1., 2. oder 3. Vatikanisches Konzil.«

»Hm, hm. Zeigen Sie doch mal ein paar Beispiele.«

»Aber gern!« Flink schob Roger die Maus über das Pad und hangelte sich durch die Untermenüs. »Der Benutzer soll auf einer Liste seine Übertretungen markieren. So!« Die Maus klickte. »Man kann zum Beispiel ankreuzen: unerlaubte Sammelmülltrennung – Vergrößerung des Karbonfußabdrucks – Verstoß gegen Genderrespekt – mißbräuchliches Copy-and-

Paste – Verletzung der Netiquette – Genuß von Fleisch, Tabak oder Alkohol – Selbstgefährdung durch Extremsportarten und/oder Bewegungsmangel – politisch unkorrekter Sprachgebrauch und/oder politisch unkorrektes Denken – Ignorieren des Generationenvertrags – und so weiter und so fort, alles, was das Herz begehrt! In dem folgenden Dialog wird man aufgefordert, seine Vergehen zu spezifizieren, das heißt, die genaueren Umstände zu nennen, die Häufigkeit der Übertretung, welche Personen daran beteiligt waren oder wer zu Schaden gekommen ist. Alles ganz leicht zu beantworten nach Multiple Choice.«

»Und wie steht es mit Datenschutz und Beichtgeheimnis?« warf Dr. Krüger ein.

»Ist gewährleistet!« betonte Roger. »Die Verbindung wird, verschlüsselt nach neuestem Standard, über ein eigenes Mobilfunknetz zu den Satelliten des Vatikans hergestellt. Der sichere Draht zum Himmel, quasi, wenn Sie so wollen.«

Roger tippte hier und da rasch aufs Display. »Interessante Perspektiven eröffnet auch die Navigationsleiste hier unten. Wenn sich der Delinquent nicht sicher ist über seine Verfehlung, kann er in einem Glossar ausführliche Informationen darüber abrufen, was nach Meinung der Kirche sündig ist – selbstverständlich illustriert und mit ruckelfreien Quicktime-Filmen versehen.« Roger errötete. Er mußte sich räuspern, bevor er weitersprechen konnte.

»Jeder Fehltritt schlägt auf einem Punktekonto zu Buche, gemäß der Endsumme wird dann die Buße berechnet. Erst dann erfolgt die digitale Absolution.« Roger fuhr mit dem Finger zärtlich über den Rand des Tablets. »Die Applikation ist von der Katholischen Kirche abgesegnet. Sie ist ein vollwertiger Ersatz für die traditionelle Realbeichte.«

»Tatsächlich? Ist das so?«

»Gewiß. Schließlich hat der päpstliche Segen *urbi et orbi* für den Gläubigen auch vor dem Fernseher seit langem schon seine Gültigkeit.«

»Hm, ich hörte davon …«

»Dieser Schritt ist nur konsequent. Finden Sie heutzutage mal einen praktizierenden Geistlichen, und dann noch einen Priester, der Hausbesuche macht!« rief Roger.

»Und wieviel soll das Ganze kosten?«

»Software inklusive Gerät?«

Der Arzt nickte. Roger nannte den Preis. Der Arzt holte tief Luft.

»Ablaßbriefe waren damals auch nicht billig«, scherzte Roger. »Aber ernsthaft. Darin enthalten ist natürlich noch eine günstige Update-Option auf unser nächstes Produkt!«

»Und das wäre?«

»Letzte Ölung 1.0. Leider könnte ich Ihnen im Moment allenfalls eine Beta-Version zeigen.«

»Nun ja, für einen ersten Eindruck wird's reichen, hoffe ich.«

»Lieber nicht. Es sind noch nicht alle Bugs beseitigt. Absturzgefährdet, wenn Sie verstehen«, sagte Roger. »Es wäre besser, die Vollversion abzuwarten.« Er begann bereits, das Tablet wieder einzupacken. »Lassen Sie uns erst über die Beicht-App reden. Wegen der *Letzten Ölung* komme ich dann gerne noch einmal vorbei.« Er bereute mittlerweile, sich so weit vorgewagt zu haben, und versuchte einen Rückzieher. Doch dazu war es zu spät. Das Interesse des Arztes war geweckt; er konnte der Verlockung nicht mehr widerstehen.

»Bloß keine falsche Bescheidenheit! Wenn das Programm nur halb so gut ist wie das erste, kommen wir garantiert ins Geschäft.« Er legte einen Arm um Rogers Schulter und schob ihn mit sanfter Gewalt auf den Flur. Roger spürte, wie ihm die Situation entglitt.

»Kommen Sie, am besten zeigen Sie mir die Sache gleich im Praxistest«, meinte Dr. Krüger jovial, »dann kann man es am besten beurteilen.«

»Wohin gehen wir?« fragte Roger, der neben dem Arzt einherstolperte.

»Auf die Intensivstation!«

Das Bett des Kranken war umstellt von leise summenden Apparaten, unzählige Kabel verbanden ihn mit den Kontroll- und Versorgungseinrichtungen. Der Patient selbst schien mit offenen Augen vor sich hinzudämmern; Roger war sich nicht sicher, ob er überhaupt etwas von seiner Umgebung aufnahm. Vorsichtig stieg er über den Wust aus Strippen und Schläuchen und stellte das Tablet auf der Bettdecke ab. Er lud das Programm. »Wir können anfangen …«

»Herr Bieler?« rief der Arzt mit gesenkter Stimme. Die Augenlider des Mannes zuckten, offenbar vergeblich versuchte er, seinen Blick auf einen Punkt zu fixieren. Ein kaum hörbares Stammeln kam aus seinem Mund, brach ab. Fragend wandte sich Dr. Krüger an Roger.

»Nicht so schlimm«, sagte Roger und versuchte, das Display ungefähr in die Blickrichtung des Kranken zu rücken. »Anders als bei dem Beichtprogramm ist eine aktive Mithilfe des Benutzers nicht zwingend erforderlich. Obwohl ihm dann so manches Schmankerl entgeht …«

»Lassen Sie mal sehen.« Dr. Krüger hatte das EKG-Meßgerät auf dem Rolltisch beiseite geschoben und beugte sich über den Rechner.

»Da wäre zunächst einmal die Option, ein Testament abzufassen, sofern man es bislang versäumt hat. Auch hier wird optimale Benutzerführung geboten. Standardformulierungen und gängige Versatzstücke können per Mausklick ausgewählt werden. Unter das fertige Schriftstück wird dann die elektronische Unterschrift gesetzt. Absolut dokumentenecht.«

»Die denken wirklich an alles …«

»Weiterhin haben Sie die Wahl zwischen lateinischer oder deutscher Sprache. Für fremdsprachige Patienten gibt es natürlich noch weitere Sprachmodule.«

»Lateinisch oder Deutsch?« Dr. Krüger sah stirnrunzelnd auf. »Wer sollte so etwas wollen?«

»Das wird öfter verlangt, als Sie denken! Wie soll man das erklären …« Roger fuchtelte mit der Hand durch die Luft und verhedderte sich in der Zuleitung einer Infusion. »Am besten läßt es sich mit englischen Schlagertexten vergleichen. Die verstehen viele Hörer auch nicht richtig. Ansonsten wären manche Stücke auch zu lächerlich.«

»Und was sind das für Portraits dort?« fragte Dr. Krüger und tippte an den Monitor.

»Oh, hier darf der Sterbenskranke wählen, von wem er die *Letzte Ölung* empfangen will: von einem Pater, einem Bischof, einem Kardinal oder dem Papst. Letzteres dann aber nur bei einem Update auf 2.0.«

»Na, dann nehmen wir eben den Kardinal. Einverstanden, Herr Bieler?« Dr. Krüger warf einen kurzen Blick auf den Kranken. »Er ist einverstanden.«

»Dann mal los.«

Roger setzte die Animation in Gang. Man sah ein Krankenzimmer, ähnlich dem, in dem sie sich befanden. Die Perspektive war die eines Patienten, der, vielleicht auf ein oder zwei Kissen gestützt, im Bett sitzt. Zum Adagio aus Schuberts Streichquartett in C-Dur betritt ein Geistlicher im vollen Ornat den Raum und bleibt am Fußende des Bettes stehen. Er deutet ein Kopfnicken an und macht sich dann daran, zwei Kerzen links und rechts des Bettes zu entzünden und sich eine Stola umzulegen. Eine sakrale Stimmung senkt sich über die Szene. Der Kardinal nimmt auf einem Stuhl neben dem Krankenlager Platz, blickt mit väterlicher Sorge aus dem Monitor, dem Kranken direkt in die Augen, und senkt schließlich den Blick. Er schlägt ein liturgisches Buch auf. Einige Atemzüge lang läßt er die Stille wirken, die mit den Gedanken an Sterben und Vergänglichkeit erfüllt ist, ehe er zu sprechen beginnt.

Mit einem anerkennenden Kopfnicken quittierte Dr. Krüger die Tatsache, daß es sich um Latein handelte. Die getragene Sprachmelodie, dachte Roger, ist sicher gut geeignet, um eine beruhigende Wirkung zu entfalten.

Der Kardinal spricht ein paar Gebete.

Plötzlich verdeckte eine Fehlermeldung mit Bombe das Bild auf dem Monitor. Der Kopf des Kranken sank zur Seite.

»Oh, schade. Abgestürzt«, sagte Roger. Er zuckte die Schultern. »Tja, so geht das eben mit Beta-Versionen. Ich starte die Anwendung neu.«

Aber Dr. Krüger hörte gar nicht mehr richtig zu. Statt dessen machte er sich an den Kontrolleinrichtungen über dem Kopfende des Bettes zu schaffen.

»Wir können aufhören«, sagte er, das Handgelenk des Patienten zwischen Daumen und Zeigefinger haltend. »Er ist gerade abgetreten.« Er winkte Roger zur Tür. »Kommen Sie, ich muß ihn wegschaffen lassen.«

Auf dem Gang blieb er nach ein paar Schritten abrupt stehen. »Oh, verflixt.«

»Was gibt's?«

Dr. Krüger deutete unauffällig zum Fahrstuhl, dem gerade eine Handvoll Leute entstieg. »Die Sippschaft des Toten«, flüsterte er.

Rasch trat er den Angehörigen entgegen und versperrte ihnen den Weg.

»Es tut mir außerordentlich leid«, sagte er salbungsvoll, indem er die Arme ausbreitete, »aber Ihr Großvater ist gerade von uns gegangen.«

Die Familie stand wie versteinert. Einzig die Greisin, die von einem jungen Ehepaar gestützt wurde, zog ein Taschentuch hervor und weinte hemmungslos hinein.

»Vielleicht ist es Ihnen ein Trost«, mischte sich Roger ein, »wenn Sie wissen, daß er die *Letzte Ölung* erhalten hat.«

Die alte Frau hob ihr tränenüberströmtes Gesicht.

»Aber er war evangelisch«, schluchzte sie. »Wir sind alle evangelisch!«

Dr. Krüger zerrte Roger zur Seite, weg von der kleinen Gruppe. »Das reicht jetzt! Verschwinden Sie!«

»Aber für Ihre katholischen Patienten …«, setzte Roger an. Der Arzt zögerte.

»Nun gut, liefern Sie … äh … sagen wir: 15 Exemplare, das dürfte für den Anfang reichen. Die Modalitäten klären Sie bitte im Geschäftszimmer auf der 7. Etage.«

»Danke, Dr. Krüger. Vielen Dank!«

Roger winkte zum Abschied und eilte zum Fahrstuhl. Im Kopf überschlug er, was ihm dieser Tag eingebracht hatte. Und das war längst nicht alles! Auf seiner Liste standen weitere Kliniken, die er aufsuchen wollte.

Den glühend heißen Polstersitz in seinem Lieferwagen, in den er sich eine Viertelstunde später sinken ließ, bemerkte er kaum. Ein Pfeifen auf den Lippen, fuhr Roger vom Parkplatz und machte sich auf den Weg zum nächsten Kunden.

How do you voodoo?

Eigentlich gehörten Zerstreuungen wie dieser Wanderzirkus längst zur Vergangenheit, aber jetzt hatte sich einer angekündigt, und jeder im Ort hatte die Plakate mit ihren schrillen Farben und den großen, altertümelnden Lettern gesehen. Vielleicht lag es daran, daß in dem verschlafenen Nest in Louisiana die Uhren anders gingen, hier konnte es noch vorkommen, daß solche Kuriositäten von der Zeit an seine Gestade gespült wurden.

Die erwarteten Sensationen waren auch das Gesprächsthema der Männer, die links und rechts von John an der Theke lehnten. Sie unterhielten sich über Johns Kopf hinweg, aber John war unfähig, sich auf ihre Worte zu konzentrieren. In der ganzen Welt gab es kein Ereignis, das seine Aufmerksamkeit hätte auf sich ziehen können, denn seine Gedanken galten nur einer einzigen Sache. Er dachte daran, daß Gilbert dabei war, ihn im Buhlen um Tandys Gunst auszustechen. Johns Stammplatz an der Theke war ihm verleidet, seitdem die beiden seine Kneipe zum Austragungsort ihrer öffentlichen Balz erkoren hatten. John stemmte sich mit breiten Ellbogen auf die Theke, beugte sich über den Bierkrug, spürte die Spannung seiner Jacke über den Schulterblättern – und konnte doch niemals das Bild von Tandy und ihrem Freier auslöschen, die sich und den anderen ganz unverblümt zeigten, wie viel Gefallen sie aneinander fanden. Und jeder, der nicht blind und taub war, erfuhr davon, denn einander aus dem Weg zu gehen war so gut wie ausgeschlossen in dem Tausend-Seelen-Dorf.

John warf einen vorsichtigen Blick über seine Schulter. Ein Kellner stand an Gilberts und Tandys Tisch und kassierte gerade die Zeche. Gilbert zahlte und half Tandy in den Mantel. Als die beiden zwischen den anderen Tischen und Stühlen hindurch zum Ausgang steuerten, verstummten die Gespräche an der Theke, und ein halbes Dutzend Augenpaare verfolgte das Gespann. Nachdem die Tür hinter den zweien zugefallen war, sagte einer der Männer: »Nettes Paar. Wird wohl bald 'ne große Hochzeitsfeier im Dorf geben.«

John erbleichte. Wut verschloß ihm den Mund. Ein anderer boxte ihm in die Seite und sagte: »Nimm's nicht tragisch, Kumpel, du hattest doch schon seit Jahren nichts mehr bei Tandy zu melden.«

»Genau! Wann seid Ihr das letzte Mal zusammen ausgegangen? Na?«

»Muß wohl vor den Sezessionskriegen gewesen sein!« antwortete ein Spaßvogel an Johns Stelle. Die Theke erbebte unter dem Gelächter der Männer.

John kaute finster auf seiner Maiszigarette. »Ihr werdet schon sehen.« Die Kippe wippte zwischen seinen Lippen auf und ab, von ihrer Spitze regnete glühende Asche auf die Theke. John löste die Kippe von seiner klebrigen Unterlippe und betrachtete den Stummel mißbilligend.

»John, bitte, könntest du ein einziges Mal …«, flehte der Barkeeper. Er verstummte, als er sah, daß John auch in schweren Zeiten seinen Gewohnheiten treu blieb. Die Kippe landete zischend am Grunde des Kruges, in dem fingerbreit ein Bierrest stand. Dies war das Ritual, mit dem John seine Abende an der Theke zu beschließen pflegte. Der Barhocker polterte, die Kneipentür schwang hin und her, und John war fort, hinaus in die heiße, grillenzirpende Nacht.

Der Barkeeper zuckte die Schultern und kippte die Brühe in den Ausguß. Mit einem resignierten Seufzen setzte er sieben Kreidestriche auf die Tafel hinter der Theke. In der Ferne hörten die Männer Johns leiser werdendes Fluchen.

Man hatte das Gefühl, die Luft wie trockenes Laub zwischen den Fingern zerreiben zu können, und blaue Funken würden herabsprühen. John war ziellos durch das Dorf getrabt. Aus seinen Gedanken auffahrend, mußte er feststellen, daß er unbeabsichtigt zu Tandys Haus gelangt war. Zuerst wollte er umkehren, aber als er sah, daß Gilberts alter Ford Model-T nicht in der Einfahrt stand, überlegte er es sich anders. Vielleicht war Gilbert zu einer Besorgung hinausgefahren und hatte Tandy allein zurückgelassen; John hoffte jedenfalls, daß es so war, hätte er doch so Gelegenheit, Tandy ein letztes Mal ins Gebet zu nehmen. Zwar standen seine Chancen mehr als schlecht, aber John wollte nichts unversucht lassen. Tatsächlich war Tandy zu Hause, allein. Lediglich das Hausmädchen, das John eingelassen hatte, war noch anwesend. Tandy blickte von der Galerie auf John herab, sie machte keine Anstalten, herunterzukommen und ihm einen Stuhl und ein Glas Wasser anzubieten.

John blieb schwitzend im Vestibül stehen und drehte seinen Hut zwischen abgearbeiteten Händen. Wie begehrenswert sie ihm erschien und gleichzeitig so unerreichbar fern dort oben hinter dem Geländer.

»Was willst du?« fragte Tandy. Ihre Stimme ließ John trotz der Hitze frösteln.

»Bitte, Tandy, tu mir das nicht an. Erinnere dich doch, was du mir bedeutest!«

Er war im Begriff, einen Schritt auf die Treppe zu zumachen. »Bleib, wo du bist«, sagte Tandy mit einem Anflug von Hysterie. »Du ruinierst nur den Teppich!«

Betroffen schaute John auf seine staubigen Stiefel und wagte es nicht, sich vom Fleck zu rühren.

»Tandy …«, bat er sanft. Und dann begann er zu reden, eindringlich und ausdauernd; es war die längste Rede, die er je in seinem Leben zustandebringen würde. Bedächtig erinnerte er Tandy an die gemeinsame Vergangenheit: Waren sie nicht gemeinsam zur Schule gegangen, und hatte er nicht ihre Tasche getragen und Tandy vor den Raufbolden beschützt? Hatte er für sie nicht die Äpfel an den höchsten Ästen gepflückt und dafür sogar einen gebrochenen Arm in Kauf genommen? Hatte er ihr nicht Rosen auf dem Jahrmarkt geschossen, hatte er ihr nicht sein Fohlen von der Farm seines Vaters zum Geschenk gemacht? Gegenseitige Treue hatten sie sich geschworen. Was war daraus geworden?

»Das hast du fein erzählt, John«, sagte Tandy. »Aber wie lange ist das her? Vergangene Zeiten! Weißt du denn nicht, daß sich unsere Wege schon lange getrennt haben? Ich habe die High School besucht, während du die Kühe deines Vaters gehütet hast.«

»Vergiß nicht, was du mir versprochen hast, Tandy! Ich lasse mich nicht so einfach zurückstoßen.«

»Jugendsünden«, höhnte Tandy. »Vergiß besser, was gewesen ist. Aus und vorbei. Und weißt du, worüber ich froh bin? Daß du damals am Fluß vor Aufregung keinen hochgekriegt hast – und ich heute noch Jungfrau bin. Gilbert würde mich fallenlassen wie eine heiße Kartoffel, wenn es nicht so wäre.«

Die Erinnerung an jenes Ereignis trieb John die Tränen der Scham und der Wut in die Augen. »Du änderst deine Meinung also nicht?« fragte er leise. Statt einer Antwort legte Tandy nur den Kopf in den Nacken und überschüttete John mit ihrem lauten, heiseren Lachen. Er ließ es eine Weile mit hängendem Kopf über sich ergehen, dann blickte er auf, jetzt funkelte Zorn in seinen Augen.

»Dann eben nicht!« John machte kehrt und schmetterte die Tür ins Schloß, daß das Fliegengitter ratterte. Den Kopf voller wirrer Gedanken, stapfte er nach Hause. Er versuchte sich darüber klar zu werden, was er wollte. Er hatte Tandy gewollt, da sein Wunsch aber nun unerfüllt blieb, was wollte er dann? John dachte nach. Er wollte Gilbert umbringen! Unsinn. Die Mordlust erstarb so rasch, wie sie aufgewallt war, und John verwarf die Idee. Die Hände in den Hosentaschen vergraben, den Blick zwei Schritte vor sich auf den Boden geheftet, setzte er seinen Weg fort. Eins stand fest, wenn er Tandy nicht bekommen konnte, sollte auch kein anderer sie haben. John mußte die Heirat verhindern! Er drehte und wendete den Gedanken wie einen kostbaren Kiesel, den er am Fluß aufgelesen hatte. Gut. Die Heirat verhindern, das gefiel ihm … aber wie? Abrupt blieb John mitten auf der Straße stehen. Die Lösung lag vor ihm, Tandy selbst hatte ihn auf die Fährte gesetzt.

Und da gab es etwas, was John bei seinem Plan helfen würde. John erinnerte sich noch gut an die greise Negerin, die mit ihrem Handwägelchen durch die Straßen gezogen war, an einem Holzgestell baumelten Kräuter, mumifizierte Tierpfoten, zu Talismanen geschnürte Federn, Amulette, kleine handgeschnitzte Flöten und andere Dinge, deren Herkunft und Bestimmung John nicht kannte. Über die grob geformten Wachspüppchen mußte er lachen. »Wozu sollen die denn gut sein?« giggelte er. Die dunkle Alte zeigte es ihm. Blitzschnell hatte sie John, der sich zu ihrem Karren hinabbeugte, ein paar Haare aus dem Schopf gerissen und, unbeirrt von seinem Protest, einem der Püppchen auf den wächsernen Schädel geheftet. John sah, wie sie einen Arm der Puppe verbog und spürte, wie sein eigener Arm wie von Geisterhand verdreht wurde. Die Hexe verbog die Beine der Puppe, und John schlurfte gegen seinen Willen auf der Stelle hin und her. Am Ende der entsetzlichen Tanzeinlage schnippte die Alte mit einem knochigen Finger gegen den Bauch der Puppe, und John empfing einen kräftigen Stoß in die Magengrube, der ihn zu Boden warf. Jetzt war es die Negerin, die lachte.

Aber John hatte die Lektion gelernt: Alles, was man den wächsernen Imitaten antat, fügte man auch ihren menschlichen Entsprechungen im wirklichen Leben zu. Man brauchte nur eine winzige Kleinigkeit, um die Verbindung zu dem Opfer herzustellen. Auch dafür war gesorgt. Tandys Haarlocke hatte John aufbewahrt, seit er sie ihr als Souvenir abgeschwatzt hatte.

»Ja, Tandy, meine Puppe«, schnurrte John. »Ich werde dich … durchbohren.«

In den Sümpfen klagten die Frösche.

Am anderen Tag war John beängstigend gelassen. Die Männer versuchten, in ihn zu dringen. Ohne Erfolg. Er saß einfach mit hochgelegten Beinen auf seiner Veranda und blinzelte in die Sonne.

»John!« riefen sie. Statt einer Antwort quetschte er eine kurze Melodie aus dem Akkordeon, das auf seinem Schoß ruhte, *Les le bon ton rouller.* Er grinste vor sich hin, beachtete sie gar nicht. Jetzt machten sie sich wirklich Sorgen.

Dann kam der Lieferwagen in die Stadt, ein Lieferwagen, wie man ihn dort noch nie gesehen hatte. Groß, mit leuchtend gelber Aufschrift. Eine Wachsherstellerfirma. Der Wagen hielt vor Johns Haus. Der Fahrer und sein Gehilfe schleppten schwere Holzkisten hinein. Eins, zwei, drei, vier, zählten die Männer.

Der Lieferwagen verschwand in einer Staubwolke. In Johns Haus war es still.

Die Männer zogen Strohhalme und schickten einen auf Erkundung. Der erspähte John durch einen Spalt in den geschlossenen Fensterläden, wie er dasaß mit seinen zwei Zentnern Wachs, reglos im Genuß einer geheimen Vorfreude.

John begann mit dem Wachs zu arbeiten, er modellierte unermüdlich, und die in Haß verwandelte Liebe schenkte seinen Händen das Geschick eines Künstlers. Bis tief in die Nacht sah man Licht in seinem Haus. Und endlich hatte John sein Werk vollbracht. Die Illusion war perfekt. Ja, das war sie wie sie leibte und lebte! John stockte für Augenblicke das Herz. Dann machte es einen Satz, trommelte wie wild. Druck staute sich in seinen Lenden. Aber er hatte sein Werk nicht zu seiner eigenen Befriedigung geschaffen, vielmehr sollte es zum Instrument seiner Rache werden.

»Oh, Tandy, Liebling«, säuselte er, während er die Haarlocke an ihrer Schläfe zärtlich um seinen Finger ringelte. »Ich habe eine Überraschung für dich ...«

Die Lanze war bereit.

Das Leben ging weiter. Vereinzelt versuchten die Männer noch, John aufzuziehen, gaben es aber auf, als sie merkten, daß es keinen Spaß mehr machte. Seit kurzem war John nicht mehr aus der Ruhe zu bringen.

Das mit Spannung erwartete Eintreffen des Wanderzirkus hatte die Leute aus ihrem Trott gerissen und sie für eine Weile auch von Johns seltsamer Verwandlung abgelenkt. Sogar John selber hatte eine Vorstellung besucht, in der ein Magier das Kunststück mit der »schwebenden Jungfrau« aufführte. Zunächst hatte sein Zauber versagt, erst als die zweite Dame aus dem Publikum auf die Bühne gebeten worden war, wirkte er. Niemand hatte sich etwas dabei gedacht, als der Illusionist Tandy nicht zum Schweben bringen konnte, und die Buhrufe galten dem lausigen Gaukler und nicht Tandy, die mit schamrotem Kopf auf ihren Platz an der Seite ihres Verlobten zurückkehrte. Nur John wußte Bescheid.

Wochen später bekam er die Bestätigung. Die Sommerluft knisterte. Dann endlich brach das Gewitter los, ein schreckliches, grausames Gewitter. Die Blitze gingen in dem Haus des frischvermählten Paares – Tandy und Gilbert – nieder; von dort rollte der Donner durch die Straße; bis hin zu der Veranda, wo John saß und zuhörte und nickte und zuhörte und in sich hineingrinste.

»Du Schlampe!« konnte man Gilbert brüllen hören. »Nun rück schon damit raus, wer dir das Kind angehängt hat!«

Eine Frauenstimme jammerte etwas Unverständliches.

»Was soll das heißen, du hattest nichts mit einem anderen?« äffte Gilbert. »Unbefleckte Empfängnis, Jungfrauengeburt, was? Hältst du mich für blöde?«

Die Frau schluchzte.

»Scher dich zum Teufel, du Flittchen!«

Es folgten Geräusche, die klangen, als ginge Mobiliar zu Bruch. Bald darauf herrschte wieder Stille. Die Luft war frisch und angenehm, wie es die Luft nach einem reinigenden Gewitter oft ist. John beugte sich auf seinem Posten nach vorn. Das Melodeon zu seinen Füßen sank zur Seite und entließ einen schrillen Seufzer. Eine Frau schleppte sich die Straße hinunter.

»Hallo, Tandy«, rief John. »Schöner Tag heute, nicht wahr?«

Das Lunarium

Er hatte bis spät in die Nacht über den Bilanzen gesessen, während seine Frau liebeshungrig und schmollend im Bett auf ihn wartete. Unerbittlich hatte er hin- und hergerechnet, die Zahlenkolonnen wieder und wieder überprüft, bis er das Ergebnis nicht mehr anzweifeln konnte. Mit dem Geschäft ging es rasant bergab. Mit seinem Liebesleben auch.

Als Meinolf erschöpft und niedergeschlagen ins Bett kroch, hörte er Elvyras tiefe und gleichmäßige Atemzüge. Halb enttäuscht, halb erleichtert stellte er fest, daß sie bereits schlief, er selbst aber fand keinen Schlaf. Zuerst hatte er gedacht, es wäre allein die Sorge ums Geschäft, die ihn wachhielt, doch als er aufstand und die Vorhänge zurückschlug und ein Lichtstrahl wie eine silbrige Lanze ins Zimmer fiel, erkannte er den wahren Grund. Es war Vollmond, und wieder spürte Meinolf ein Ziehen und Zerren wie von inneren Gezeiten. Mondlicht glitzerte auf dem Schnee, der die Dächer und die Vorgärten bedeckte. Irgendwo im Häusermeer, in irgendeinem Hinterhof, heulte ein Tier, lang und klagend.

»Was ist das?« murmelte seine Frau.

»Nur der Schäferhund vom Schrottplatz«, wisperte Meinolf, um sie zurück in den Schlaf zu schmeicheln. Seine Frau verlagerte ihr Gewicht und begann zu schnarchen.

Leise kleidete Meinolf sich an und schlüpfte in den Mantel. Er seufzte. Schließlich wußte er es besser …

Meinolf stieg ins Erdgeschoß hinab und hielt einladend die Haustür auf für die schwarze Katze, die sich auf ihr Lager vor der Heizung kuschelte, doch das wohlgenährte Tier machte keinerlei Anstalten, der Aufforderung zu folgen, es blinzelte nur gelangweilt zu ihm herüber, so daß er sich ohne seine Begleitung auf den Weg in den nahen Wald machte. Der Mond stand so tief, daß er den hügelaufwärts führenden Weg zu berühren schien, das aufgeblähte Rund füllte die Gasse zwischen den Bäumen. Da geschah etwas, das sich so plötzlich ereignete, daß der einsame Wanderer später gar nicht mehr sagen konnte, ob da wirklich etwas gewesen war.

Während eines Wimpernschlags trat eine schlanke Gestalt auf den Pfad, zeichnete sich kurz vor der hellen Scheibe des Mondes ab und tauchte im nächsten Augenblick in die Büsche zur anderen Seite ein.

Als er weiter bergan strebte, glaubte Meinolf, rechts und links im Unterholz Gestalten wahrzunehmen, die seine Schritte verfolgten. Die Formen hatten nur Bestand, wenn er sie aus den Augenwinkeln heraus beobachtete. Dann meinte er halb durchsichtige Schemen zu sehen, merkwürdig verwischt wie von rascher Bewegung, die sich im Dunst des Mondlichts zwischen den Bäumen regten. Ein scharfer Ruck des Kopfes offenbarte ihm glühende Augen, die erloschen, wenn er einen mutigen Schritt auf sie zutat. Hechelnder Atem verstummte und brauchte lange, bis er sich wieder hervortraute.

Meinolfs Ziel war die abseits gelegene Kapelle, die schon vor langer Zeit dem säkularen Kreis zurückgegeben worden sein mußte. Das Kruzifix und alle Heiligenbilder waren aus ihr entfernt worden, und selbst von den Grabsteinen, die über einen kleinen Friedhof verstreut waren, hatte man die Kreuze abgeschlagen, und dort, wo einmal das christliche Symbol eingemeißelt gewesen sein mußte, befanden sich nur noch Schleifspuren.

Der Mond hatte alle Farbe von den Dingen gewaschen, nur drei Schattierungen bestimmten das Bild: schwarz, weiß und grau. Schwarzes Buschwerk, weißer Schnee und graue Grabmale.

Und dort, neben der Kapelle, gefangen wie auf einem Schwarzweißbild, eine Frauengestalt. Ihr blasses Gesicht schimmerte ihm aus dem Schatten der Kapuze entgegen.

Das Mondlicht hatte allen Dingen ein flaches zweidimensionales Aussehen gegeben, schuf eine unsichtbare Barriere. Es war nicht die erste Begegnung dieser Art, und wieder konnte Meinolf keinen weiteren Schritt tun in diese fremde Welt hinein und auf die Frau zu.

Eine jähe Bewegung seiner Hand schreckte sie auf, löste sie aus ihrer Starre. Sie wirbelte herum, ihr langes Gewand drehte sich wie eine Spirale aus dunklem Nebel um ihre schlanke Gestalt, und sie verschwand in der Dunkelheit. Eine Fledermaus flatterte hinter der Kapelle empor, als wäre sie von der Frau aufgestört worden, und entfernte sich rasch über den Baumwipfeln.

Meinolf entdeckte, daß im Schnee keinerlei Fußspuren von der Frau zu finden waren, nirgends. Auf dem Rückweg setzte Schneegestöber ein und löschte auch seine Abdrücke aus.

Als Meinolf den Hausflur betrat, hob die Katze den Kopf und blickte ihn aus Bernsteinaugen lange an. Früher war er überzeugt gewesen, das Tier könne in die Zukunft sehen und er wiederum sei imstande, dessen samtpfotige Gedanken zu lesen. Das Leben mit Elvyra und den Laden, der von seinen Schwiegereltern auf ihn gekommen war, hatte er so voraussagen können, aber seit langem schon teilten ihm die schläfrigen Gedanken der Katze nichts mehr mit.

Bevor er die Treppe zu der Wohnung hinaufstieg, kam Meinolf an der Tür vorbei, die in die Geschäftsräume führte. Jetzt war das Solarium dahinter noch in Pechschwärze getaucht, die Leuchtstäbe erkaltet. Die künstliche Sonne schlummerte bis zum nächsten Tag, bis zu dem Moment, in dem Meinolf sie mit einem Knopfdruck wieder aufgehen ließe, ein Sonnenaufgang für die wenigen Gäste, die sich noch dorthin verirrten. Es stand nicht gut um den Laden. Die Konkurrenz zu stark, das Wetter zu gut, die Nachfrage rückläufig, was wußte er? Vielleicht lag es auch an mangelnder PR. Zumal er selbst nicht gerade ein Aushängeschild für seinen Laden war. Er, der Inhaber des Solariums, käsig bleich! Ein Geschäftsmann, der vom Sonnenkult, den er feilbot, selbst nicht überzeugt war? Das weckte Unbehagen, schreckte ab. Aber was trieb sich Meinolf auch beinahe jede Nacht im Mondlicht herum! Das war nicht ohne Folgen geblieben. Im Laufe der Zeit hatte das Licht des Erdbegleiters seiner Haut einen hellen, perlmuttartigen Schimmer verliehen.

Meinolfs Frau lag noch immer in der verführerisch gemeinten Pose, in der sie eingeschlafen war, auf ihrer Seite des Doppelbettes. Behutsam zog Meinolf die Decke über ihren fülligen Rundungen zurecht, damit sie nicht fror. Es war offensichtlich, daß Elvyra zu den besten Kundinnen des Solariums gehörte, dabei betrübten die nutzlosen Bemühungen, durch Kunstbräune anziehender zu werden, ihren Mann nur. Anfangs war es Elvyras unstillbarer sexueller Hunger gewesen, der ihn nächtens aus dem Haus trieb, bis er die Ausflüge um ihrer selbst willen schätzen lernte. Und der Anblick der fragilen Frauengestalt neben der Waldkapelle war stets erholsam nach der erdrückenden Präsenz von Elvyras ausgeprägten weiblichen Formen, um die ihn mancher seiner Freunde beneiden mochte, die Meinolf aber erschöpften wie der unentwegte Genuß üppiger Mahlzeiten. Ja, es stimmte, was diese Hungerleider behaupteten, bei ihm zu Hause war der Tisch reichlich gedeckt, aber Meinolf sehnte sich nach nichts auf der Welt mehr als nach einer Diät; er wünschte sich, in asketischer Genügsamkeit wieder zu Kräften zu kommen. Nicht daß er seinen Appetit ganz verloren hätte, aber etwas leichtere Kost wäre durchaus willkommen gewesen.

Die Zeit war reif für eine Verzweiflungstat. Eine Idee nahm in seinem Kopf Gestalt an. Im Halbdunkel des Schlafzimmers ließ er ein Lächeln aufblitzen, jetzt ganz und gar nicht mehr verzweifelt.

»Zwei Fliegen mit einer Klappe«, murmelte er. »Zwei … Fliegen … mit …« Sein Murmeln verstummte. Endlich war auch er eingeschlafen.

In der folgenden Woche, während der Mond stetig abnahm, kreuzten Handwerker auf und verwandelten das Solarium in eine Baustelle. Elvyra stolperte über die am Boden verteilten Materialien hinter ihrem Mann her, der die Arbeiten überwachte, der wohlgefällig dabei zusah, wie die Männer Löcher bohrten, Wände aufstemmten und Kabelkanäle legten.

»Was soll das bedeuten?« schrie Elvyra. »Was hast du vor? Wovon sollen wir das alles bezahlen? Wir können jetzt schon kaum die laufenden Kosten decken, wozu noch mehr investieren?«

Meinolf tippte sich gegen einen Nasenflügel. »Marketing, meine Liebe«, sagte er ruhig. »Reines Marketing. Wart's nur ab.«

Einer der Handwerker trat auf ihn zu, auf dem Arm ein längliches Paket.

»Hier sind die Spezialröhren, wie bestellt«, sagte er und musterte stirnrunzelnd das Etikett. »Wenn Sie dann hier unterschreiben würden. Der Rest steht auf den drei Paletten dort.«

»In Ordnung.« Meinolf gab ihm die unterschriebenen Papiere zurück. »Wann können Sie sie einsetzen?«

»Es kann noch eine Weile dauern, bis alles soweit ist. Ich rechne mit zehn Tagen.«

Der Mann schaute irritiert hinter Elvyra her, die ohne ein weiteres Wort kehrtgemacht hatte und davonrauschte.

»Gibt es Grund zur Klage?« fragte der Handwerker.

»Wie? Nein, nein! – Zehn Tage, sagen Sie?« Meinolf rieb sich die Hände bei dem Gedanken, daß dann Neumond sein würde. »Das paßt bestens!«

Schließlich war es soweit, der Umbau war pünktlich fertiggestellt worden. Doch bevor er die neuen Installationen in

Betrieb nehmen konnte, mußte Meinolf sie persönlich testen, ganz besonders angesichts der sensiblen Kundschaft, die er erwartete.

Er schaltete die Lampen des Solariums ein – und trat keuchend zurück, riß den Unterarm vor sein bleiches Gesicht. Die Räume wurden schattenlos erhellt von grellem Sonnenlicht. Das Licht der Kunstsonnen in den Bräunungsliegen, aber auch das an Decken und Wänden drückte auf seine Haut mit der Glut eines Brandeisens.

Meinolf überwand sich und ließ den Arm sinken. Er nestelte eine Sonnenbrille aus der Brusttasche, die aussah, als könnte sie seine Augen selbst vor Plutonium schützen, und schritt unter den Strahlen der Wüstensonnen die Wände ab, den Blick auf die neuen Leitungen, Anschlüsse, Verteilerboxen, Leuchtröhren und Lichtblenden gerichtet.

Er fuhr sich über die trockenen Lippen, während er seine Inspektion fortsetzte. Die Zunge klebte ihm am Gaumen.

Als er endlich den Rundgang durch den Hochofen vollendet und alles für korrekt befunden hatte und schweißgebadet vor dem Schaltkasten stand, glaubte er zu verglühen, glaubte, sich in der Hitze jeden Augenblick mit einem langen Zischen in eine schwarze Ascheflocke zu verwandeln und zu vergehen.

Doch für Abhilfe war gesorgt. Seine sonnenverbrannte Hand streckte sich zu dem Schalter aus, der die Welt verwandeln würde, der Tageshitze zu Nachtkühle machen konnte. Der Schalter, der zwischen zwei Markierungen zu bewegen war, zwei Markierungen mit der Aufschrift SOLARIUM und LUNARIUM …

Meinolf zögerte nicht länger. Er drückte den Schalter hinunter.

Im ersten Moment glaubte er erblindet zu sein, denn nur das lodernde Nachbild der Sonnenbänke tanzte als Negativ vor seinen Augen, als er sich schwankend umdrehte.

Meinolf setzte die Brille ab und blinzelte. Ein Seufzer der Erleichterung entfuhr ihm. Weißes Mondlicht, kühl wie

Champagner, ergoß sich in die Räume, zeichnete weiche Schatten in die Winkel und unter die Gegenstände.

Wie berauscht schlenderte Meinolf durch die mit Silber beschlagenen Gänge, und selbst die Luft, die er atmete, schien verändert, der letzte Hauch des strengen Ozons zerstob ins Nichts und wich dem metallischen Duft frisch gefallenen Schnees.

Das Lunarium war bereit, und der Zeitpunkt konnte günstiger nicht sein. Es war Neumond, jene lichtlose Phase der Entbehrung, die die Fabelwesen der Fähigkeit beraubte, ihre natürliche Gestalt anzunehmen, als Meinolf den Köder auslegte. Der künstliche weiße Mond summte, sein Licht lockte. Meinolf meinte zu spüren, wie sich die Aufmerksamkeit der Nachtwesen aus allen Richtungen dem Lunarium zuwandte, sich hier bei ihm bündelte. Die Kreaturen der Dunkelheit nahmen Witterung auf, setzten sich in Bewegung, trotteten zögernd näher. Was sie hinter den Mauern dieses Sterblichen aufspürten, war fremdartig und vertraut zugleich. Sie kannten es, und dennoch durfte es dort nicht anzutreffen sein, es konnte dort nicht sein. Andererseits war seine Existenz nicht zu leugnen, ihre empfindlichen Sinne teilten es ihnen unmißverständlich mit. Voll widerstrebender Neugier rückten sie weiter zum Lunarium vor.

Meinolf erwartete sie geduldig hinter der Empfangstheke, überprüfte zum vielleicht hundertsten Mal die gleichfalls neu eingerichteten Monitore der Überwachungskameras.

Seine Frau kam in Bademantel und Hausschuhen von der Wohnung heruntergeschlappt, um zu sehen, wie es lief. Gerade schlich der erste Kunde, mißtrauische Seitenblicke werfend, in den Laden. Meinolf hatte ihn schon die ganze Zeit beobachtet, wie er hinter eine Schneewehe geduckt den Eingang beobachtet und sich nicht hineingewagt hatte.

Jetzt verlangte er nuschelnd eine Zehnerkarte. Meinolf stutzte. Der Mann hatte klobige Golddublonen auf die Theke gelegt. Daran hatte Meinolf nicht gedacht, daß die Nachtgestalten, die er anlockte, wohl kaum über moderne Zahlungsmittel verfügten und er schwerlich so etwas wie Kreditkarten von ihnen erwarten durfte. Seufzend händigte er die Streifenkarte aus und strich die medaillengroßen Münzen ein, die schwer in seiner Hand lagen. Er würde bald feststellen, ob er mit Zitronen gehandelt hatte oder nicht ... Die Gestalt trabte in eine der Kabinen.

»Ich hätte ja nicht gedacht, daß um diese Zeit überhaupt jemand kommt«, meinte Elvyra. »Aber ein wenig eigenartig war der Kerl schon, oder? Hast du sein Gebiß gesehen? Das Zähne zu nennen wäre eine glatte Untertreibung. Das waren die reinsten Hauer! Und hast du die Augenbrauen bemerkt? Über der Nasenwurzel zusammengewachsen. Ich hab mal gehört, das bedeutet, daß ein Mensch in Wirklichkeit – «

»Würde es dir etwas ausmachen, wieder nach oben zu gehen und mich in Ruhe arbeiten zu lassen?«

Meinolf war sich schlagartig bewußt geworden, daß der Kunde dort, wo andere tagsüber ihre Kleidung wechselten, in diesem Augenblick seine halbwegs menschliche Erscheinung wie einen löcherigen, schlecht sitzenden Mantel ablegte und gegen eine andere Tracht tauschte, seine wahre Natur. Und daß diese Wandlung zweifellos auf der mondblau schimmernden Monitorwand sichtbar sein würde. Meinolf stand auf und versuchte, die Bildschirme vor Elvyras Blicken zu schützen. Seine Frau zog einen Schmollmund.

»Das würde mir leichter fallen, wenn du mitkämst«, säuselte sie, indem sie die Hüften vorschob und sich gegen sein Becken drückte. Ihr Bademantel klaffte, ob gewollt oder zufällig, einen Spalt breit offen, und Meinolf konnte sehen, daß sie darunter nackt war. Vor seinen Augen schwebten die nur noch halb verhüllten Kugeln eines gewaltigen Doppelgestirns. Er schloß wie unter Schmerzen für ein paar Sekunden die Augen, dann riß er sie, innerlich gewappnet, wieder auf. Er faßte Elvyra an der Taille und drehte sie von sich weg.

»Warum gehst du nicht schon ins Bett«, sagte er, als er ihr einen Klaps auf den ausladenden Hintern gab. »Ich komm' gleich nach.«

Er wartete, bis seine Frau sich nach oben verfügt hatte, dann durchmusterte er hastig die Räume, die die Monitore ihm zeigten. Möglicherweise war die Frau, die er suchte, bereits unter den Kunden, falls sie sich in den Laden gestohlen hatte, während er von dem Geplänkel mit Elvyra abgelenkt gewesen war.

Im Laufe des Abends beobachtete Meinolf Werwölfe und Vampire, Monster wie von Dr. Frankenstein ersonnen, Golems und andere lichtscheue Subjekte, eine komplette Addams-Family und schließlich sogar eine Nixe, die sich im Whirlpool tummelte – aber die Gesuchte fand sich noch nicht in diesem Reigen ein.

Es dauerte nicht lange, und Schreie auf der Etage über seinem Kopf alarmierten ihn. Er eilte die Treppe zur Wohnung hinauf, stürzte ins Schlafzimmer, wo seine Frau mit schreckgeweiteten Augen ins Leere starrte – und rhythmische Schreie ausstieß. Vergeblich versuchte Meinolf sie zu beruhigen, Elvyra stieß ihn entsetzt von sich.

»Was ist da unten los?« kreischte sie. »Es war so schrecklich!«

»Nur ein Traum«, sagte Meinolf sanft. Er hoffte, daß Elvyra das gedämpfte Grunzen, Brummeln und Quieken, das aus dem Lunarium heraufdrang, in dem Rauschen der nächtlichen Stadt nicht wahrnahm. »Nur ein Traum«, wiederholte er. »Schlaf wieder ein.«

Aber Elvyra wich vor seiner Berührung zurück und drängte sich in eine Ecke des Bettes, die Decke bis zum Kinn hochgezogen.

»Was hast du mit dem Licht gemacht?« wimmerte sie. »Es ist ein böses Licht. Es lockt Böses hervor.«

Nach einer Weile fielen ihr, von Erschöpfung entkräftet, die Augen zu, und sie sank in einen unruhigen Schlaf.

Meinolf sah in ihrem Traum nicht das böse Omen. Es mochte sein, daß seine Besucher unheimlich wirkten, ebenso war die Faszination, die von ihnen ausging, unbestreitbar. Meinolf fühlte sich von ihnen keineswegs bedroht, schließlich war er ihnen freundschaftlich gesinnt, ein Mondbruder, der ihnen einen unschätzbaren Dienst erwies, und sie würden nicht so dumm sein, ihre Klauen oder was auch immer gegen ihren Wohltäter zu erheben – das war zumindest seine Hoffnung.

Auch eine andere Sache stimmte ihn in den folgenden Wochen zuversichtlich: Wie ein Besuch beim staunenden Numismatiker ergeben hatte, machte Meinolf mit den Golddublonen ein gutes Geschäft, denn ihr Wert übertraf alle Erwartungen. Um die wirtschaftliche Seite brauchte er sich von nun an keine Gedanken mehr zu machen, was aber war mit dem Gast, den er mehr als alle anderen herbeisehnte? Wo blieb sie, für die allein er den Köder ausgelegt hatte?

Sie war es, die am längsten gezögert hatte, den Lockungen des Lunariums nachzugeben, aber schließlich konnte auch sie der Versuchung nicht länger widerstehen. Als sie vor ihm stand und mit stummer Geste um Einlaß bat, war Meinolf vor Aufregung innerlich wie erstarrt, fand kaum Gelegenheit, sie eingehender zu betrachten. Scheu huschte sie in ihre Kabine, badete artig eine halbe Stunde im Mondlicht und wollte sich anschließend wieder am Empfang vorbeidrücken, zurück in die Nacht, doch Meinolf trat ihr in den Weg.

Die Frau machte eine Bewegung wie ein gestelltes Reh. Wie sich jetzt zeigte, war Schönheit tatsächlich eine Geschwindigkeit des Blicks. Meinolf hatte sich mehr erhofft, doch ihre betörende Stimme machte den äußeren Mangel mehr als wett.

»Bitte, ich wollte nur ein Mondbad nehmen. Bitte. Halten Sie mich nicht auf, ich muß heim.«

Der Klang der Worte elektrisierte Meinolf augenblicklich. Diese Stimme war unvergleichlich, von sanfter Modulation und gleichzeitig großer Intensität. Eine Stimme, die Aufmerksamkeit erregte, selbst wenn sie gedämpft erklang, so wie jetzt. Ein kurzer Satz, gesprochen mit dieser Stimme, hatte genügt, um Meinolf gefangen zu nehmen und zu verzaubern. Er wollte mehr hören.

»Wie heißen Sie?« fragte er.

»Zandra«, antwortete sie kurz und entwischte endlich hinaus in die Dunkelheit. Meinolf blickte ihr nach, doch schon nach wenigen Schritten hatte die sternenlose Nacht sie verschluckt. Der Kompaß seiner Gefühlswelt spielte verrückt, es war, als hätte jemand mit einem Magneten die Nadel von Nord nach Süd gezwungen.

Es erwies sich jedoch für Meinolf als schier aussichtsloses Unterfangen, Zandra näherzukommen, obwohl sie nun beinahe jede Nacht das Lunarium besuchte. Ein gewagter Vorstoß brachte die Wahrheit ans Licht. Mit den atemlos herausgepreßten Worten »Ich kann kein Blut sehen!« war Zandra vor seiner Kehle, die er ihr in einem kecken Flirt dargeboten hatte, zurückgewichen.

Es stellte sich heraus, daß sie noch niemals in ihrem Leben das Blut eines anderen Lebewesens gekostet hatte. Sieh an, dachte Meinolf, sollte es auch unter diesen Kreaturen so etwas wie Vegetarier geben? Er bezweifelte, daß das ihrer Natur entsprach. Wie auch immer, als Vampir war Zandra jedenfalls noch »unschuldig«, sozusagen jungfräulich, unberührt – das hieß, unberührt vom Rausch des Blutes.

Während sie leichenstarr im Mondlicht lag, versteckte Meinolf kleine Geschenke in ihrem Gewand, das neben der Tür hing. Er wußte nicht, ob er sie allmählich an ihre natürliche Bestimmung heranführte, aber nach drei Wochen schienen bereitgestellte Präsentkörbe, gefüllt mit Tomatensaft, Sangria, Blutorangen, Blutwurst, englischen Steaks und schließlich einigen Konserven aus dem Vorrat einer Blutbank ihr Gemüt aufzuhellen und ihre Haltung zu lockern.

Sie funkelte ihn aus schwarzen Augen vielversprechend an, wenn sie mit ihrer Dauerkarte das Lunarium betrat, verschwand aber gleich in einer Kabine, ohne bei ihm auch nur für eine Plauderei zu verweilen.

Wieder war es an ihm, die Initiative zu ergreifen, doch bevor er sich den nächsten Schritt zurechtlegen konnte, kam ihm der Zufall zu Hilfe. Eines Nachts trat Zandra überraschend an ihn heran und erschreckte ihn. Er hatte in den Geschäftsunterlagen geblättert, die er für eine anstehende Betriebsprüfung sortieren mußte, und schnitt sich, als er hochfuhr, an einem Papierbogen den Finger. Zandras Blick wurde starr. Bevor Meinolf das hervorperlende Blut mit einem Taschentuch wegwischen konnte, hatte sie sein Handgelenk umfaßt und zu sich gezogen. Ihre Zunge schnellte vor, und sie begann, erst zögernd, dann immer entschlossener, die rubinroten Tropfen aufzulecken. Meinolf spürte auf der Haut ihre bewegliche, angerauhte Zunge wie die einer Katze. Zandras Lecken ging in ein Saugen über, ihre Lippen wanderten weiter, preßten sich auf die weiche Innenseite seines Arms. Meinolfs Erregung wuchs, unter ihrem saugenden Kuß pochte sein Herz im Handgelenk. Dann ein feiner, kaum merklicher Stich, als sich ein Eckzahn durch die dünne Haut bohrte.

Von dieser Nacht an lebte Zandra auf. Wie Meinolf auf dem bläulich leuchtenden Monitor erkennen konnte, gab sie sich keinerlei Mühe mehr, die spitzen Eckzähne hinter ihren vollen Lippen zu verbergen, sie entblößte sie ganz unbefangen mit einem entspannten Lächeln, während sie sich mit geschlossenen Augen im Mondlicht rekelte.

Doch war sie nicht für ihn bestimmt, das Schicksal hatte andere Pläne. Das wurde ihm eines Tages klar, als sich ein verräterischer Blutfaden von ihren Lippen über ihr marmorweißes Kinn zog. Da wußte Meinolf, daß er sie an einen anderen verloren hatte. Grimmig dachte er an die Szene zurück, die er vor kurzem beobachten mußte. Also war es doch das gewesen, was er nicht hatte wahrhaben wollen: eine flüchtige, aber folgenreiche Begegnung zwischen ihr und Krause, einem Nachbarn einen Häuserblock weiter. Zwei Schatten im nächtlichen Vorgarten, fast unsichtbar im Dunkel unter dem Baldachin der Trauerweide. Zandra, die ihre scheue Zurückhaltung endlich ablegte, und Krause, seines Zeichens Beamter der Steuerbehörde, der nunmehr zur Sphäre der Nachtwesen gehörte und damit nicht nur seine Lebenserwartung um ein Beachtliches gesteigert hatte, sondern von Stund an seine Mitmenschen auch in eigener Sache zur Ader lassen würde.

Meinolf, das Bleichgesicht, der Anämische, den sommers sogar die Stechmücken verschmähten, konnte ihr nicht das bieten, dessen sie am dringendsten bedurfte.

Zandras »Entjungferung« ernüchterte Meinolf, schlagartig kam er zur Besinnung. Er stellte sich einigen unbequemen Fragen. War die Zuneigung, die er für Zandra empfunden hatte, denn überhaupt etwas anderes gewesen als eine Verwirrung des Herzens, geboren aus zeitweiliger Erschöpfung im Zusammensein mit Elvyra?

Nach diesem Intermezzo, das sich bestenfalls in seiner Phantasie zu einer Affäre hatte ausweiten können, meldeten sich seine Gefühle für Elvyra mit alter Macht zurück, vermischt mit starken Gewissensbissen. Reumütig schlich er die Treppe zum ersten Stock hinauf.

Nach der Phase der Abstinenz spürte Meinolf, wie sein Hunger allmählich wiederkehrte. Elvyra jagte ihm keine Angst mehr ein, im Gegenteil, er fand neuen Gefallen an ihren Reizen. Meinolf nahm sich vor, sich wieder mehr um sie zu kümmern, auf ihre Bedürfnisse einzugehen. Noch heute abend würde er reinen Tisch machen.

Meinolf wollte über den Flur in die Küche, um noch ein Glas Wasser zu trinken, da rief seine Frau von ihrem Bett aus: »Liebling, kommst du?« Irgend etwas in ihrer Stimme ließ ihn innehalten und sich langsam umdrehen. Die Tür zum Schlafzimmer stand halb offen, dahinter wartete teerige Dunkelheit.

»Was ist, kommst du nun?« Das Bett knarrte.

Er verzichtete auf sein Wasser und tappte ins Zimmer. Es war viel zu heiß dort drin, trotzdem überlief ihn eine Gänsehaut. Er schob sich unter die Bettdecke, die Wärme bereithielt wie ein Schwitzkasten, aber sein Frösteln blieb. Elvyra nahm den flüchtigen Kuß, den er ihr auf die Wange drückte, ohne erkennbare Regung entgegen. Er suchte nach ihrer Hand, und so lagen sie still nebeneinander, der Mann und die Frau, und er fand keine Worte, drehte die Sätze hin und her, und gegen seinen Willen schweiften die Gedanken ab, beschäftigten sich mit der verlorenen Geliebten. Mit leiser Wehmut dachte Meinolf daran, daß dies die Zeit war, zu der Zandra aufzustehen und ruhelos umherzuwandern pflegte unter dem weißen, runden Mond, dieses Mal in liebevoller Begleitung des widerwärtigen Krause.

Die Bettdecke raschelte, eine Bewegung seiner Frau rief ihn zur Ordnung. Richtig, er wollte doch versuchen zu vergessen und sich wieder ihr widmen. Und wenn er es sich recht überlegte, war sie auch die einzige, die er liebte. Wirklich liebte, tief und dauerhaft. Im Vergleich dazu war seine Schwäche für Zandra nur ein Fiebertraum gewesen, ein Anflug von Hitze, den er wie eine Infektion überstanden und hinter sich gelassen hatte. Er streckte die Hand nach seiner Frau aus.

»Ich muß dir etwas sagen«, offenbarte er ihr frohgemut. Er war voller Zuversicht. Sie würde seine Reue verstehen, seine Ehrlichkeit mit Verzeihen belohnen. Doch bevor er weiterreden konnte, sagte Elvyra kalt: »Denkst du etwa, du könntest mir was vormachen?« Ihre Stimme klang in dem stillen, dunklen Zimmer unangenehm laut. »Denkst du, ich wüßte nicht Bescheid?«

»Aber es ist vorbei, Elvyra. Vorbei! Bei Gott, ich schwör's dir!«

»Schwöre nicht! Das ist Blasphemie. Es ist nie vorbei. Niemals. Es geht weiter und weiter und weiter.« Sie schluchzte. »In alle Ewigkeit!«

Er schloß die Augen, als könnte er damit diesen Laut aussperren. Seine Gedanken hakten sich fest, wie die Nadel an einem Sprung in der Platte, und wiederholten ihre letzten Worte.

»Wie meinst du das: in alle Ewigkeit?« Seine Zunge fühlte sich taub an. Elvyra schwieg, und die Stille lastete schwer auf Meinolf. Er versuchte, in ihrem Gesicht zu lesen, aber sie war nicht mehr als ein Umriß. Etwas war verkehrt. Irgendetwas lief ganz entschieden falsch.

»Elvyra«, drängte er sanft.

»Die Wiedergänger. Du weißt ganz genau, was ich meine!« sagte sie endlich. »Aber dein Liebchen hat's hinter sich, dafür habe ich gesorgt. Und das ganze andere Gesindel hab' ich gleich mit zur Hölle geschickt.«

»Was hast du getan!« Meinolf begann in Erwartung der nächsten Worte zu zittern.

»Du kennst doch die Geschichte von dem Dackel in der Mikrowelle …«, sagte Elvyra. Er konnte es sich ausmalen. »Ungefähr wie dieser Dackel sahen deine Freunde aus, als ich im Lunarium das Licht von Mond auf Sonne umstellte. Und Krach gemacht hat es. Ein Zischen und Brodeln. Am Ende blieb nur noch Asche übrig. Nur noch Asche.«

Sie sagte es langsam und nachdenklich, als versetzte ihre eigene Erinnerung sie in Erstaunen. Eine eisige Schweißperle rollte über Meinolfs Schläfe.

Eine Weile regte sich nichts, die Zeit schien sich ins Endlose zu dehnen, bis Elvyra plötzlich von ihm wegrutschte und über die Bettkante griff. Am Boden klapperte etwas, als sie irgendwelche Gegenstände hochhob.

Panik packte Meinolf. Steh auf, mach Licht, renn fort, gellte eine innere Stimme. Aber warum, fragte er ruhig zurück. Darum, schrie die Stimme.

Sein ausgestreckter Arm wurde zur Seite geschlagen, er fühlte eine Berührung auf seiner Brust, etwas Spitzes drückte durch seine Pyjamajacke.

»Elvyra, du machst einen Fehler!« keuchte er. Seine Beine gehorchten ihm nicht mehr, es war wie in den Alpträumen, in denen er nicht fortlaufen konnte, seine Beine zwei nutzlose Prothesen.

Ein Luftzug hatte den Vorhang ein wenig zur Seite geschoben, und in dem unwirklichen Licht des Vollmondes glitt das Funkeln von Stahl in einem eleganten Bogen auf Meinolf zu. Der Hammer traf dumpf auf den Holzkeil. Mit einem Schmatzen versank der Pflock in seiner Brust, als hätte man ihn in Morast gesteckt.

Meinolfs versiegendes Leben trieb auf einem Strudel aus Selbstmitleid dahin. Er hatte ja selber schuld. Mein Herz – eine Mördergrube, das war sein letzter Gedanke. Er wollte noch etwas sagen, aber es kam nicht mehr als ein blutiges Röcheln.

Das lange Warten

Die Fluchtkapsel raste auf den Planeten zu, durchschnitt wie ein Projektil die dünne Atmosphäre, stürzte als Feuerball in eine Wüste. Sie zog eine breite Furche durch den Sand und kam an einer Düne zum Stillstand.

Die Hitzeschilder knisterten, Rauchfahnen drehten sich im Wind. Gedämpfte Geräusche drangen aus dem Inneren, dann wurden Bolzen weggesprengt, und die eine Hälfte der Hülle klappte zur Seite. Zwei Männer kletterten aus der Öffnung, richteten sich schwankend in dem kalten Licht einer fremden Sonne auf.

»Alles in Ordnung?« fragte Lombardi. Ein feiner Blutfaden lief über Hovermanns Schläfe. »Nur eine Schnittwunde.«

Die Männer begannen, ihre Ausrüstung aus der Kapsel zu räumen. Sie justierten die Atemstutzen unter ihrer Nase und schauten sich um. Der Bremsfallschirm hatte sich losgerissen und trieb vor dem Wind talabwärts. Die beiden Männer standen auf der Kuppe und beobachteten den Tanz des Stoffetzens, der sich blähte und zusammenfiel, sich wieder blähte und die Halteschnüre hinter sich herzog, während er weiter über eine sandige Ebene davontaumelte.

»Sieh nur!« Lombardi deutete zum Horizont. Am Rande der Wüste war wie hinter flüssigem Glas die Silhouette einer Stadt zu sehen.

Hovermann hob ein Fernglas an die Augen. »Ruinen«, meldete er. »Eine verlassene Stadt.«

»Unmöglich!« rief Lombardi. »Die Stadt wimmelt von Leben.« Er riß Hovermann den Feldstecher aus der Hand. Und da war sie, die fremde Stadt, deren Bewohner, spillerig und schattenhaft, über die Straßen eilten, Lasten schleppten, ihren Geschäften nachgingen. Fahrzeuge bewegten sich am Boden und flitzten hoch in der Luft zwischen schlanken Bauten hin und her.

»Du mußt es doch auch sehen«, sagte Lombardi ungläubig. »Es ist eine Betriebsamkeit wie in einem Bienenstock!«

Hovermann schaute ihn nachdenklich an und zuckte die Achseln. Er richtete seinen Blick über die Ebene. »Eine Sinnestäuschung vielleicht. Ich sehe nichts als leere Ruinen.«

Wortlos warf Lombardi sich den Rucksack über die Schulter und stapfte über den feinen Sand voraus. Hovermann folgte ihm in einigen Schritten Abstand.

Ihre Landung war keineswegs unbemerkt geblieben. Ein einziges, starres Augenpaar hatte die Ankunft der Männer verfolgt.

Sie setzten ihre Stiefel auf einen verlassenen Platz und ließen ihre Blicke über die halb verfallenen Gebäude schweifen.

»Tot«, sagte Lombardi enttäuscht. »Die Stadt ist tot.«

Der Widerhall löste eine Stuckverzierung von einer der Sandsteinfassaden. Eine Handvoll Staub, eben noch kunstvolles Ornament, rieselte zu Boden. Vorsichtig setzten die Männer ihren Weg fort, sie schlichen zwischen umgestürzten Mauern und halb versunkenen Säulen durch die Straßen, in der zunehmenden Dämmerung nach einem geeigneten Unterschlupf für die Nacht Ausschau haltend.

Sie fanden ihn schließlich in einer großen Halle, die leer zu sein schien, soweit sie das vom Eingang her beurteilen konnten. Ihre Lampen waren nicht stark genug, um die Halle bis in den letzten Winkel auszuleuchten, der trübe Schein verlor sich im sternengesprenkelten Dunkel, das durch die hohen Fenster zu sehen war.

Nahe beim Eingang, der nicht mehr war als eine türlose Maueröffnung, bauten sie ein notdürftiges Lager, rollten Isoliermatten und Schlafsäcke aus, lutschten ihr Nachtmahl aus versiegelten Plastikschläuchen und schliefen ein.

Am nächsten Morgen erwachte Lombardi mit einem Gefühl drohender Gefahr, für das er als Mann, der sich oft durch unbekanntes Gebiet bewegte, ein sicheres Gespür besaß. Zuerst wußte er nicht, was ihn so unvermittelt aus dem Schlaf gerissen hatte, dann aber spürte er einen Blick auf sich. Schwer und unentwegt wie eine Hand, die sich auf seine Stirn gelegt hatte.

Lombardi hob vorsichtig den Kopf, um die Halle zu sondieren, die sich im morgendlichen Zwielicht vor ihm ausdehnte. Die Männer waren nicht allein.

Irgendetwas sagte Lombardi, daß die Gestalt, die dort reglos im Dämmer des heraufziehenden Morgens verharrte, sie so schon eine ganze Weile belauerte. Ihm wurde bewußt, daß er nichts hatte, was ihm als Waffe zu seiner Verteidigung hätte dienen können. Außerdem war er vorerst auf sich allein gestellt, wie ihm die gleichmäßigen Atemzüge seines schlafenden Kameraden verrieten.

Lombardi wagte nicht, sich zu rühren, um dem Fremden keine Blöße zu zeigen. Sollte es zu einem Kampf kommen, wollte er dem anderen den ersten Schritt überlassen. Sollte der doch als erster seine Deckung aufgeben. Aber offenbar hielt es der Fremde, was das betraf, genauso wie Lombardi.

Lombardi kniff die Augen zusammen, um das Zwielicht zu durchdringen. War es auf das angestrengte Starren zurückzuführen, oder veränderte die Gestalt tatsächlich ihre Form? Waren es nur die Schatten, die die Konturen verwischten, die erst allmählich an ihren Platz rückten?

In dem zunehmenden Licht erkannte Lombardi, daß es sich um eine Frau handelte, eindeutig humanoid. Die Erscheinung wirkte ganz und gar nicht bedrohlich, im Gegenteil, die Haltung ihrer Hände und der Ausdruck in ihrem feingeschnittenen Gesicht, das von langen Haaren umrahmt wurde, hatte eher etwas Bittendes, beinahe Flehentliches.

Und noch etwas erkannte Lombardi in dem Licht der aufgehenden Sonne, das jetzt in breiten Bahnen durch die Halle wanderte: Die Gestalt war aus Stein. Mit dem Rückzug der Nacht hatte sie ihre ätherische Anmutung verloren und feste Substanz gewonnen.

Ohne Hovermann zu wecken, näherte sich Lombardi der Statue, umrundete sie und schaute ihr ins Antlitz. Das einfallende Sonnenlicht schien die toten Augen zu beleben, und ihr Blick folgte Lombardi, als er vor der Statue auf und ab ging. Wer immer der Künstler in dieser fremden Welt gewesen sein mochte, er hatte ein Meisterwerk geschaffen.

Ein Geräusch in seinem Rücken lenkte Lombardi ab. Hovermann war aufgewacht und erhob sich von seinem Lager. Er streifte die Skulptur mit einem flüchtigen Blick.

»Laß uns keine Zeit verlieren«, sagte er, sich abwendend. »Wir sollten uns um das Notsignal kümmern.«

So verbrachten sie den Vormittag damit, den Peilsender, der bei der Landung Schaden genommen hatte, zu reparieren. Immer wieder hob Lombardi den Kopf, ließ seine Hände mit den Drähten und Platinen sinken, um zu der Statue hinüberzuschauen, die – so schien es ihm – ungeduldig auf ihn wartete. Die ihn mit angedeuteter Geste bat, ihr Rätsel zu entschlüsseln. Und sobald seine Aufgabe erledigt war, folgte Lombardi ihrem stummen Ruf, während Hovermann unter Kopfhörern auf das Pfeifen, Summen und Zirpen zwischen den Sternen lauschte.

Lombardi machte sich daran, die Statue aus allen Perspektiven zu skizzieren, er nahm Maß von ihr, verzeichnete die Proportionen und konnte nicht umhin, die Harmonie ihrer Gestalt und ihrer Haltung zu bewundern. Die Neigung ihres Kopfes, die angedeutete Geste, ihr Blick, ihr Mienenspiel — alle Elemente fügten sich zu einer perfekten Komposition.

Das wirkte so lebensecht, daß Lombardi sich fragte, ob sich dahinter vielleicht mehr als nur eine Art Denkmal verbarg.

War es möglicherweise die Hülle eines in Stein konservierten Körpers, den Mumien des alten Ägyptens nicht unähnlich?

Also versuchte Lombardi, das Material mit seinen Werkzeugen zu durchdringen – vergebens. Meißel glitten an der Skulptur ab, ohne eine Spur zu hinterlassen, Bohrer zerbrachen. Es gelang Lombardi, eine mikroskopisch kleine Menge Staub von der Oberfläche zu gewinnen, wie er aber feststellen mußte, war es nicht mehr als die hauchdünne Patina, die die Atmosphäre des Planeten auf der Figur hinterlassen hatte.

Lombardis Reagenzgläser, sein Bunsenbrenner und seine Destilliervorrichtung, die Insignien eines naturwissenschaftlichen, forschenden Geistes, waren bei diesem Unterfangen nutzlos. Die Statue gab ihr Geheimnis nicht preis.

»Unser Notsignal ist aufgefangen worden«, sagte Hovermann. »Eine Rettungsbarke ist unterwegs.«

Lombardi hörte es kaum.

»Wir sollten uns bereithalten«, mahnte Hovermann. Lombardi murmelte eine Antwort. Es war, als spräche er im Schlaf.

»Was hast du gesagt?«

»Ich sagte, ich komme nicht mit.«

»Das ist nicht dein Ernst, oder?«

Lombardi erwiderte nichts, sondern widmete sich voller Konzentration der Statue, klopfte sie ab, lauschte auf eine Resonanz. Das Material schluckte jeden Laut.

»Ich habe diese Statue mit jeder denkbaren Strahlung, die wir mit unseren bescheidenen Mitteln erzeugen können, beschossen«, erzählte er versonnen. »Das Merkwürdige ist, daß alle Wellen ohne Hindernis in die Figur eindringen. Aber nicht eine davon tritt wieder heraus. Sämtliche Strahlung wird absorbiert.«

»Vergiß diese Statue.« Hovermann klang nervös. »Sie ist unwichtig. Wir müssen zur Erde zurück. Wie soll ich denen das erklären, wenn du fehlst?«

Lombardi lächelte abwesend. »Verschollen. Tot. Es gibt tausend Arten, im All verloren zu gehen.«

Hovermann trat dicht an ihn heran und starrte ihm ins Gesicht. »Du hast keine Ahnung, was du da aufgibst. Als wir losgeflogen sind, standen wir noch auf den Titelseiten. Die Frauen schauen zu den Sternen auf und denken dabei an uns.«

»Ich weiß, aber ...«

Aber plötzlich hatte Lombardi jeglichen Ehrgeiz verloren, er spürte nicht länger diesen männlichen Drang, die Welt zu erobern, um sich zu beweisen. Es war ihm gleichgültig geworden, denn hier ging es das erste Mal nicht um ihn, sondern um etwas anderes.

»... ich mach nicht länger mit bei diesem ... Spiel.«

Vor der Stadt war das Fauchen von Bremstriebwerken zu hören: die Rettungsbarke, die bereit war, die Männer nach Hause zu bringen. Hovermann fuhr sich über trockene Lippen.

»Wir haben nicht viel Zeit. Uns bleibt nur ein kleines Fenster. Der Autopilot läßt nicht mit sich handeln.« Er machte ein paar Schritte zum Ausgang der Halle hin, warf einen Blick zurück. »Was ist nun, kommst du mit?«

Als er keine Antwort erhielt, fluchte er und ging weiter, zuerst zögernd, dann immer schneller, als er merkte, daß es Lombardi ernst war. Er überquerte den Platz.

»Ich schicke jemanden zu diesem Planeten!« rief er, bevor er zwischen den Ruinen verschwand. Kurz darauf erhob sich die Rettungsbarke in den klaren Himmel, entfernte sich, rasch kleiner werden, bis sie schließlich zu einem Nichts zusammengeschrumpft war.

Endlich war Lombardi mit der Statue allein. Um sein Überleben auf dem Planeten machte er sich keine Sorge, die Vorräte aus der Fluchtkapsel, mit der sie hier gelandet waren, würden eine Weile vorhalten. Seine Sorge galt einem anderen Ziel.

Er hatte beschlossen, sich auf einem neuen Weg dem Geheimnis zu nähern, das die Statue vor ihm verbarg. Seine Hände folgten den Linien und Flächen, die der fremde Bildhauer so treffsicher aus dem Stein geschält hatte, er ertastete die Wölbung ihrer Stirn, den Schwung ihrer Lippen, die Falten ihres Gewandes.

Seine sensiblen Finger erforschten jeden Quadratzentimeter der Oberfläche, formten die Gestalt nach, erschufen sie neu. Wie in Trance streichelte er die Skulptur, deren kühler Stein sich unter seiner fortwährenden Berührung erwärmte. Schließlich sank Lombardi erschöpft zu Boden, fiel in einen unruhigen Schlaf.

Er wußte nicht, wie lange er so dagelegen hatte. Als er die Augen aufschlug, neigte sich der Tag schon seinem Ende zu. Lombardi sprang auf die Füße. Im letzten Licht der untergehenden Sonne sah er die Träne, die über die glatte Wange der Statue rollte. Sacht küßte er die Träne fort, sacht berührten seine salzigen Lippen den steinernen Mund. Leben flackerte in den ehemals toten Augen. Lombardi schlang seine Arme um das Wesen, das seine Berührung mit sanftem Druck erwiderte.

Und nun sprach die Frau in einer fremden Sprache zu ihm, mit dunklen, wohltönenden Lauten, die Lombardi rätselhaft blieben, erst allmählich und bruchstückhaft begann er sie zu verstehen. Sie lud ihn ein, sie in ihre Welt zu begleiten.

Sie zog Lombardi an ihrer Hand durch belebte Straßen, in denen er immer wieder stehenblieb, um in dem Strom der Passanten den exotischen Wesen nachzuschauen, die an ihnen vorbeihasteten, so daß seine Begleiterin ihn immer wieder lächelnd zum Weitergehen auffordern mußte.

So durchwanderten sie Orte, die Lombardis Führerin für ihn aus Ruinen neu erstehen ließ. Die Stätten erschienen, kurz bevor die beiden sie betraten und versanken, nachdem sie sie verlassen hatten. Sie existierten nur für sie und ihn und nur solange sie sich in ihnen aufhielten.

An ihrer Seite schritt Lombardi durch alte Bibliotheken, Konzertsäle und Museen, las, hörte und schaute eine Kultur, so fern und fremd der menschlichen und gleichzeitig so nah und verwandt, daß es ihn anrührte.

Dann, nachdem er ihr Volk kennengelernt hatte, machte sie ihn mit ihrem persönlichen Leben vertraut, zeigte ihm fremdartige Bräuche, ließ ihn Initiationsriten beobachten und überirdische Gesänge hören, die erst wie eine Lobpreisung klangen und sich dann in einen Diskant verwandelten, der wie ein Fluch durch die Stadt schallte. Ein namenloses Vergehen gegen komplizierte Regeln und Traditionen, unmöglich zu erklären. Ein unerlaubtes Begehren, dem die Verbannung aus der Gemeinschaft folgte. Das besiegelte Schicksal.

Am Ende der Reise standen sie wieder auf dem Podest in der Halle, eng umschlungen. Der Reigen der Bilder, die Lombardi gesehen hatte, hallte noch in ihm nach, hielt ihn umfangen, verblaßte allmählich. Bis die Frau sich endlich aus seinen Armen löste und auf den Boden hinabsprang. Unfähig ihr zu folgen, verharrte Lombardi und beobachtete, wie sie durch die Halle eilte und in der Nacht verschwand.

Lombardi hatte nicht ein einziges Mal geblinzelt.

Die Sonne zog über den Himmel, Schatten wanderten durch die Halle. Sternenlicht lag auf den Dächern. Monde gingen auf, Monde versanken. Jahreszeiten wechselten. Regen prasselte auf leere Gassen nieder, dann eroberte Dürre die Wüstenlandschaft zurück.

Schließlich sah man, ungezählte Zyklen später, im Blau des Himmels ein Aufblinken, als hätte jemand eine Münze emporgeworfen. Der Klang menschlicher Stimmen, die näherkamen. Eine vierköpfige Gruppe, drei Männer und eine Frau, in Raumanzügen. Die Frau trat vor die Skulptur, die sie dort mitten in der Halle entdeckt hatte.

Vom Eingang her meldete eine Stimme: »Hier ist nichts von Bedeutung. Gehen wir weiter.«

»Einen Augenblick noch.« Die Frau rührte sich nicht, wandte den Blick nicht ab. »Zuerst muß ich das hier untersuchen.«

Sie ließ sich im Schneidersitz zu Füßen der Statue nieder, schaute zu ihr auf. Fragen bestürmten sie. Wer mochte dieses Kunstwerk geschaffen haben? Und wen stellte es dar? Wer war dieser Mann, wie hatte er gelebt, was hatte er getan? Was waren seine Träume? Welche Sehnsüchte quälten ihn?

»Ich werde es herausfinden«, sagte die Frau leise. Ein Wind wehte Sand in die Halle. Die steinernen Augen erwiderten ihren Blick. Wartend.

Wo sich die Geister scheiden

Hexen von heute kommen nicht auf einem Besen angeritten, dachte Carl. Sie wissen die Vorzüge einer edlen Karosse zu schätzen.

Verborgen hinter der Gardine, sah er die Freundinnen seiner Frau vorfahren. Fast gleichzeitig kamen sie in ihren Rovers, Mercedessen und BMWs die lange Auffahrt herauf und parkten die Limousinen kreuz und quer auf dem kiesbestreuten Platz vor dem Haus.

Für Carl waren die Séancen am Wochenende nicht mehr als ein alberner Zeitvertreib. Immer wenn sich das esoterische Kaffeekränzchen der aufgetakelten, nicht mehr ganz taufrischen Damen zum Tischerücken einfand, suchte Carl unter einem Vorwand das Weite.

Jetzt erledigte Carl rasch einen Anruf und drückte sich, flüchtige Grüße nickend, an der Prozession vorbei, an deren Spitze ein Ouija-Brett wie eine Monstranz getragen wurde, und verließ das Haus, um eine Spritztour zu machen. Manchmal fuhr er auch in die Firma, wo er sich einem dringenden Problem widmete; zu tun gibt es für ihn als Selbständigen ja immer etwas.

Carl verspürte kein Verlangen, den Hokuspokus näher in Augenschein zu nehmen oder sich auch nur in der Nähe aufzuhalten, wenn er stattfand. Nicht daß es ihn etwa ängstigte – zumindest hätte er das niemals zugegeben.

Er wollte jedenfalls nicht mehr daran denken, wie eine der Teilnehmerinnen eines Tages hysterisch schreiend aus dem Keller gerannt gekommen war. Carl hatte die Frau seitdem nicht mehr zu Gesicht bekommen. »Zu labil für unsere Sache«, meinte damals seine Frau. Carl hatte nicht weiter nachgehakt; es reichte ihm zu wissen, daß die Hysterikerin vor kurzem einen Angehörigen verloren hatte. Carl erinnert sich dunkel, daß er an der Tür zum Partykeller vorbeigekommen war, hinter der eine tiefe, männlich klingende Stimme Verwünschungen ausgestoßen hatte, bevor die Tür aufflog und die Frau mit tränenüberströmten Gesicht an ihm vorbeistürzte. Carl hielt diese Reaktion ohne Zweifel für überzogen, konnte aber nicht umhin, das schauspielerische Talent derjenigen zu bewundern, die ihr diesen Schrecken eingejagt hatte.

»Sarah ist unser bestes Medium«, hatte seine Frau ergänzt, worauf Carl herausgerutscht war: »Medium? Also weder blutig noch gut durch, sondern irgendwo dazwischen?« Seine Frau konnte über solche Scherze nicht lachen. Dieser Mangel an Humor war ein Grund mehr, so wenig Zeit wie möglich mit ihr zu verbringen.

Seit neuestem bevorzugte Carl ein anderes Ziel für seine Ausflüge. Claudine, seine heimliche Geliebte, wohnte im Nachbarort, und wenn er den Wagen nahm, reichte die Zeit gerade für ein Schäferstündchen, bevor die Hexen »im Astralleib von ihrer Reise zur Vega zurückkehrten«, für es Carl für sich ausdrückte.

Carl warf einen düsteren Blick auf den aufgewühlten Kies und ging zu seinem Jaguar-Zweisitzer hinüber. Er startete den Motor und seufzte leise. Der einzige Trick, dachte er, den sie wie im Schlaf beherrschen, besteht darin, das sauer verdiente Geld ihrer Ehemänner auszugeben. Carls Frau bildete in dieser Hinsicht keine Ausnahme, und Carl konnte darin beim besten Willen nichts Magisches entdecken.

Er drückte das Gaspedal durch. Der Kavalierstart ließ eine Handvoll kleiner Steine aufspritzen, und Carl hoffte, daß ein paar davon den Lack der Hexenkutschen treffen würden. Um den Kies war es jetzt nicht mehr schade, den würde Juanito am Montag ohnehin neu harken müssen.

Je weiter sich Carl von seinem Heim entfernte, desto unwirklicher wurden die Dinge, die in diesem Moment dort vor sich gehen mochten. Er hatte etwas Handfesteres im Sinn, und seine Erwartungen eilten ihm voraus. Ein Teil von ihm war schon am Ziel seiner Wünsche, er sah sie beide vor sich, wie sie ihre eigene, ganz spezielle Séance zelebrierten, und dabei ging es um mehr als nur ums Tischerücken. Sie würden übereinander herfallen, ausgehungert den Geist der Wollust und der Leidenschaft beschwören und in ihrer Unbändigkeit die Küche heimsuchen, das Wohnzimmer entweihten, es auf dem Teppich treiben, das Bad mit ihrer Ekstase überschwemmen und schließlich zwischen den Laken landen.

Aus Tagträumen war Wirklichkeit geworden. Sie ruhten inmitten des herrlichen Chaos und der zerwühlten Betten nebeneinander, steckten sich eine Zigarette an – und plötzlich hörte Carl Claudines Stimme. Mit einem drängenden, streitbaren Unterton sagte sie: »Wann läßt du dich endlich scheiden?« Die Frage zerstörte die romantische Stimmung, in die er sich verloren hatte, und ernüchterte Carl auf einen Schlag. Er hoffte, sich verhört zu haben, und schloß die Augen. Keine Chance.

»Wann!« wiederholte Claudine. Sie schien diesmal fest entschlossen, es auf einen Streit ankommen zu lassen. Heftig blies sie den Rauch ihrer Zigarette in seine Richtung.

Carl öffnete die Augen.

War er wirklich so naiv gewesen zu glauben, es würde immer so weitergehen? Dabei hätte er es ahnen können, war doch heute schon der Empfang nicht allzu herzlich gewesen. Claudine hatte von seinem Kommen gewußt und sich trotzdem nicht im geringsten auf ein Tête-à-tête vorbereitet. Ungekämmt und in Freizeitklamotten hatte sie ihm geöffnet und auf dem Absatz kehrtgemacht. Keine Umarmung, kein Kuß, nichts. Mit einem unguten Gefühl war Carl ihr in die Wohnung gefolgt. Zwar war es ihm tatsächlich gelungen, Claudine aus ihrer Schmollecke zu locken – aber wie sich jetzt zeigte, nicht für allzu lange. Claudine stieß ihm einen Ellbogen unsanft in die Rippen.

»Antworte!«

Carl fühlte sich nackt und ungeschützt, ausgeliefert.

»Wenn es nur um dich und mich ginge, meine Süße, würde ich lieber heute als morgen mit dir durchbrennen«, sagte er. »Aber meine Frau würde mich bis auf den letzten Cent ausplündern. Kein Ehevertrag!«

Er drehte sich zum Aschenbecher um und stippte seine Zigarette aus. »Ihre Anwälte würden mir das letzte Hemd vom Hintern ziehen. Sie kostet mich jetzt schon ein Vermögen, aber eine Scheidung würde mich komplett ruinieren. Da ist es das kleinere Übel, es so zu lassen, wie es ist.« Er küßte Claudine auf die Nasenspitze. »Das verstehst du doch, mein Häschen?«

Claudine blickte mit verschränkten Armen finster vor sich hin. Ihre üppigen Brüste wurden dabei leicht nach oben geschoben. Carl wollte sie berühren, überlegte es sich aber anders. Er wunderte sich, daß dieser Körperteil, der ihn vor kurzem noch so in Fahrt gebracht hat, nun etwas Feindseliges bekommen hatte. Anklagend starrten ihm Claudines Nippel entgegen.

»Für deine Frau ist dir nichts zu teuer, aber was bin ich dir schon wert?« maulte Claudine.

Carl war nicht von gestern, er wußte, was Frauen wollten, und Claudine war beileibe nicht sein erster Seitensprung. Er griff in die Trickkiste der männlichen Bestechung und versöhnte Claudine mit einer Reise in den Orient. Er füllte ihren Puppenkopf mit Versprechungen aus 1001 Nacht und zählte auf ihre Naivität, die sie an die Träume aus dem Morgenland glauben ließ. Claudine war selig. Carl hatte ihr gezeigt, daß er nicht nur an sein Vergnügen dachte, sondern sich das Techtelmechtel mit ihr durchaus was kosten ließ. Von Scheidung keine Rede mehr. Carls Argumente klangen für Claudine plötzlich sehr vernünftig. Schließlich wäre ein verarmter Liebhaber nicht mehr in der Lage, sie so großzügig zu verwöhnen. Schon nächsten Monat sollte es losgehen, die Reise nach Oman war im Handumdrehen gebucht. Kein Zögern sollte jetzt Carls Ernsthaftigkeit in Frage stellen. Seiner Frau würde er etwas von einer Geschäftsreise erzählen, die billigste Ausrede der Welt, aber immer wieder nützlich. Als Kopf einer Softwarefirma war Carl oft unterwegs, seine Frau hätte also keinen Grund, an seinen Worten zu zweifeln oder etwas anderes als ein »Arbeitstreffen« dahinter zu vermuten. Und um ganz sicherzugehen, rief er sie aus dem Hotel, dem einzigen 5-Sterne-Resort in Maskat, an und ließ sich den Rückruf auf sein Zimmer durchstellen. Dann ging er mit Claudine hinunter an den Strand.

Als sie im milden Licht der Abendsonne zum Hotel zurückkehrten, bemerkte Carl schon von weitem den Menschenauflauf in dem palmengesäumten Boulevard. Näherkommend erkannte er, daß sich die Menge, hauptsächlich Einheimische, vor der Stelle versammelt hatte, an der vor kurzem noch ihr Hotel gestanden hatte. Jetzt war dort nur noch ein riesiger Schuttberg zu sehen. Brandgeruch lag in der staubigen Luft. Carl und Claudine traten an die Polizeiabsperrung.

»Was ist passiert?« fragte Carl einen der Schaulustigen.

»Eine Autobombe. In der Tiefgarage des Hotels!« erwiderte der Mann in gebrochenem Englisch.

Einer der Polizisten wurde auf sie aufmerksam, er mußte sie sofort als ausländische Besucher erkannt haben.

»Waren Sie Gäste in diesem Hotel?« fragte er streng.

Claudine öffnete den Mund, aber Carl kam ihr zuvor.

»Nein, waren wir nicht. Wir wohnen woanders.«

»Dann gehen Sie bitte weiter, hier gibt es nichts zu sehen.«

Carl zog die halblaut protestierende Claudine mit sich fort. »Sei still!«

»Aber unsere Sachen!«

»Vergiß die Sachen. Ich weiß was Besseres.«

In einem Café in der Nähe legte er ihr seinen Plan dar. Auf dem Fernseher hinter der Theke liefen die Nachrichten, es war die Rede von einem terroristischen Anschlag, der vermutlich alle Personen in dem Hotel getötet hatte. Noch suche man nach Überlebenden, aber die Schwere der Explosion und das Ausmaß der Verwüstung ließen nur wenig Hoffnung. Carl und Claudine steckten die Köpfe zusammen.

»Dieser Anschlag schickt uns der Himmel. Es ist das Beste, was uns passieren konnte«, wisperte Carl. »Jetzt wird man mich für tot erklären.«

Claudine sah ihn ratlos an. »Was hast du davon?«

»Verstehst du nicht? Es ist die eleganteste Art, sich scheiden zu lassen. Keine Anwälte, keine Papiere, keine Zahlungen.«

»Aber deine Frau erbt doch alles.«

»Nicht, wenn ich es rechtzeitig verhindern kann.« Er stand auf. »Laß uns gehen. Uns bleibt nicht viel Zeit.«

Ein Taxi brachte sie zum Flughafen. Dort erledigte Carl die notwendigen Anrufe. Er weihte seinen Syndikus ein, der die Vollmacht hatte, alle Konten aufzulösen und die Firmenanteile zu verkaufen. Außerdem würde er ihm noch die Unterlagen eines Projektes schicken, an dem Carl die letzten Monate gearbeitet hatte. Damit ließe sich eine neue Existenz aufbauen.

»Meine Frau erbt nur das Haus, die Autos und ein paar Wertgegenstände. Der ganze Rest gehört uns«, sagte Carl zu Claudine. »Wichtig ist nur, daß wir uns gut genug verstecken.«

»Und wo soll das sein?«

Auch hierauf hatte Carl eine Antwort.

»Auf Rodrigues. Eine Insel im Indischen Ozean, gehört zu Mauritius. Fürs erste können wir das leerstehende Anwesen eines Geschäftspartners beziehen, er schuldet mir noch was.«

Claudine schmiegte sich an ihn. »Zuerst dachte ich ja, das war super dämlich von dir, so zu tun, als wären wir umgekommen. Aber jetzt muß ich zugeben, daß du ein Genie bist!« gurrte sie.

Carl grinste breit. »Vergiß nicht, daß du es mit einem Toten zu tun hast!«

Claudines Hand kroch zwischen seine Beine und begann mit einer Massage. »Hui, für einen Toten hast du aber ganz schön viel Leben in dir!«

Das auszunutzen war das erste, was die beiden in ihrer neuen Residenz auf Rodrigues taten.

Es war wie ein neues, aufregendes Leben. Ein frisches Kapitel, das Carl aufschlug. Er hatte eine Seite umgeblättert und war in eine neue Welt eingetreten. Als jemand anderes, in der Haut eines Fremden. Eines Fremden, den er selbst erschaffen hatte, mit der Hilfe des Zufalls und einer fiktiven Identität. Neue Namen, neue Pässe, es war perfekt.

Carl fühlte sich befreit. Frei wie ein Gespenst, das die Fesseln, die es an das alte Leben banden, abgeschüttelt hatte. Und auch mit seiner Gespielin, die ihm in dieses Leben gefolgt war, konnte es nicht besser laufen …

Carl und Claudine umarmten sich, preßten ihre Körper aneinander, rollten keuchend über die Laken. Sie küßten sich lange, ihre Bewegungen wurden immer drängender, heftiger, schneller – bis Carl plötzlich innehielt. Er hob den Kopf, schien zu lauschen. Claudine schaute ihn fragend an. Sie hatte nichts Ungewöhnliches gehört. »Was ist?«

Geistesabwesend erwiderte Carl ihren Blick. »Es ist nur … ich hatte irgendwie das Gefühl, meine Frau würde mich rufen.«

Claudines Ausdruck verdüsterte sich. Die Stimmung war dahin. Carl erkannte seinen Fehler, beugte sich über sie und grub seine Nase in die Kuhle zwischen Hals und Schulter. Dabei hatte er ihr nicht einmal die ganze Wahrheit gesagt. Denn es war nicht nur die Stimme seiner Frau zu hören gewesen, sondern mehr noch – Carl vernahm wie von fern einen vielstimmigen Chor, der sich der Beschwörung angeschlossen hatte.

Wieder riß sich Carl aus Claudines Umarmung. Nein, auch das stimmte nicht ganz. Eigentlich war es so, als würde etwas an ihm zerren, ihn von Claudine wegziehen. Seine Seele hing an einem starken Faden, der von Kontinent zu Kontinent über die Weltmeere gespannt war. Jemand zog mit Macht an diesem Faden. Vor Carls innerem Auge tauchte ein Ouija-Brett auf, und ein halbes Dutzend Schatten beugten sich darüber, wieder und wieder seinen Namen murmelnd. Der Zug des Fadens wurde stärker.

»Halt mich fest!« flehte Carl, aber er war sich nicht sicher, ob Claudine ihn überhaupt noch hörte. Er sah sie, die Arme ausgestreckt, wie am anderen Ende eines langen, dunklen Tunnels. Der Sog zog Carl weiter von ihr weg. Schwärze dehnte sich aus, der Lichtkreis, in dem sich Claudine befand, wurde rasch kleiner. Carl glaubte ins Bodenlose zu fallen.

Der herbeigerufene Notarzt war ratlos. So wie es aussah, war der Patient ohne erkennbare Ursache in ein Wachkoma gefallen. Darüber hinaus schien ihm nichts zu fehlen, ganz offensichtlich war er kerngesund. Seine Begleiterin war mit den Nerven am Ende. Der Arzt wußte nicht, wie er helfen konnte. Carl, lebendig zwar, aber nicht mehr als ein seelenloser Klumpen Fleisch, nunmehr für Claudine wertlos, verschwand hinter Klinikmauern, die er nicht mehr verlassen sollte.

Unterdessen hielt tausende von Kilometern entfernt Carls Frau mit ihren Freundinnen eine ihrer bewährten Séancen ab. Die trauernde Witwe suchte Trost darin, den Geist ihres vermeintlich toten Mannes zu beschwören.

Carl staunte nicht schlecht, als er sich unvermittelt in seinem Haus wiederfand. Eben noch hatte er sich auf der fernen Insel unter Palmwedeln mit seiner Prinzessin vergnügt, und im nächsten Moment war er auf eigenem Grund und Boden, inmitten der Hexenrunde. So war Carl, anders als erwartet, zu einer Rückreise in die Heimat gekommen, und er brauchte dafür nicht einmal ein Flugticket.

»Wir rufen dich, Carl«, erklang der Singsang der Hexen. Irgendetwas stimmte mit ihm nicht. Was war es, das fehlte? Die Antwort wurde klar, als Carl an sich hinabschaute. Er konnte sich selber nicht mehr sehen. Wo war sein fitneßstudiogestählter Body geblieben, seine Liebeswaffe, auf die er so stolz war? Er war verschwunden.

»Ist Carl gekommen?« hörte er seine Frau flüstern.

»Sch!« machte die Hexe in der Mitte, die die Runde an ausgestreckten Händen hielt. »Ich spüre eine Anwesenheit.«

Der Atem der Frauen zeichnete sich in Nebelschleiern vor ihren Mündern ab. Die Temperatur im Keller war schlagartig im etliche Grad gesunken.

»Wir haben einen Gast aus dem Reich der Toten!« deklamierte das Medium, in dem Carl die talentierte Sarah erkannte, mit getragener Stimme. »Bist du es, Carl?«

»Und ob ich das bin!« brüllte Carl. Er stutzte. »Wieso *aus dem Reich der Toten?* Ich lebe, verdammt noch mal!«

Die Runde saß starr und wartete. Carl kam eine schreckliche Erkenntnis.

»Ihr hört mich nicht, stimmt's? Und sehen könnt ihr mich auch nicht.«

»Wenn du es bist, gib dich zu erkennen, Carl«, verlangte das Medium.

»Das könnt ihr haben!« Mit diesen Worten stürzte sich Carl auf seine Frau, doch der erwartete Zusammenprall blieb aus, statt dessen sank Carl durch sie hindurch und durchschnitt auch die Tischplatte. Das einzige, was er bei seinem Sturz zustande brachte, war, einen Satz Tarotkarten aufzuwirbeln und eine Glaskugel zum Wackeln zu bringen. Er rappelte sich auf und entdeckte das Ouija-Brett. Vielleicht wäre das ein Weg, sich mitzuteilen! Wenn er sich konzentrierte, konnte er es vielleicht schaffen, das plektrumartige Ding über die Buchstaben zu bewegen und eine Botschaft zu übermitteln. Ein

Versuch war es wert. Es war nicht ganz so einfach, wie er gehofft hatte, und er vermißte die Korrekturfunktion einer herkömmlichen SMS, aber auch mit den vielen Tippfehlern ließen seine Verwünschungen nichts an Deutlichkeit zu wünschen übrig.

»Was verärgert ihn nur so?« heulte Carls Frau.

»Es ist ein böser Geist«, erkannte eine Mitstreiterin. »Schickt ihn wieder fort!«

Sie versuchten es, wieder und wieder, doch wollte es nicht gelingen.

Zirkelschluß

Als Gregor nachts in einem fremden Zimmer erwachte, wußte er nicht, in welcher Stadt er sich befand. Auch ein Blick aus dem Fenster auf die spärlich beleuchtete Straße, drei oder vier Stockwerke unter ihm, gab keinen Aufschluß. Ein einzelner Passant stand am Straßenrand und wartete darauf, daß die Ampel den Weg hinüber freigab. Die sinnlose Geduld des Ausharrenden, der es nicht wagte, die unbelebte Straße zu überqueren, legte eine bleierne Müdigkeit über Gregors Körper und trieb ihn zurück ins Bett. Er rollte sich unter der Decke zusammen, in sich selbst gekrümmt wie ein Embryo. Kurz vor Morgengrauen tauchte er für Momente aus dem Schlaf auf und fragte sich benommen, ob der Mann wohl immer noch an der Ampel wartete, im Einklang mit den Verkehrsregeln. Dann döste Gregor wieder weg.

Erleichtert stellte er am nächsten Morgen fest, daß der Mann nicht mehr da war. Die Kreuzung brütete in der Sonne. Der Strom der Autos zog über sie hinweg, gleißende Lichtreflexe aussendend, und Passanten gingen ihrer Wege, mit einer Trägheit, hinter der sich die Ungeduld, ihren schattigen Bestimmungsort zu erreichen, verbarg.

In der Nacht war der Mann wieder da. Wie ein Wachsoldat auf einem verlorenen Außenposten stand er auf derselben Stelle an der Straßenecke, und das rote Licht schien sich in seinen Augen zu spiegeln, obwohl Gregor das auf seinem hohen Beobachtungsposten hinter der Jalousie schwerlich erkennen konnte. Der Anblick zehrte an seinen Nerven, und er fand keinen Schlaf mehr. Statt dessen beobachtete er die unbewegliche nächtliche Gestalt mit wachsender Unruhe. Nie sah er den Mann an den Straßenrand treten, immer war er schon da, wenn Gregor hinausschaute. Und so sah er ihn auch nicht verschwinden; die Stadt hatte ihn unbemerkt verschluckt. Der Anblick der leeren Kreuzung jagte Gregor einen noch größeren Schrecken ein. Es mußte während eines Lidschlags geschehen sein, als sich die Ampel endlich erbarmt hatte und die Passage erlaubte. Wenn Gregor sich beeilte, konnte er den Mann vielleicht noch die Straße entlanggehen sehen und die Spur aufnehmen. Er stürzte die Treppen hinunter. Kühles Mondlicht mit dem sauberen, metallischen Geruch von Schnee empfing ihn. Er schaute in alle vier Richtungen, doch die Straßen, die die Kreuzung krakenartig durch die Stadt streckte, lagen da wie ausgestorben.

Plötzlich bemerkte Gregor, daß er genau an der Stelle stand, an der der rätselhafte Fremde wochenlang ausgeharrt hatte. Nichts an der Umgebung gab ihm einen Hinweis auf die nicht allzu lang zurückliegende Anwesenheit des Mannes – kein glühender Zigarettenstummel, kein zerkauter Kaugummi, keine fallengelassene Theaterkarte. Gregor hob den suchenden Blick von der Straße und richtete ihn auf das Haus gegenüber. Er wollte das Fenster ausfindig machen, hinter dem sich sein Zimmer befand. Er erkannte es schließlich an der heruntergelassenen Jalousie, deren Lamellen jetzt verstohlen auseinandergeschoben wurden, um einem unsichtbaren Augenpaar freie Sicht zu gewähren. Der Blick, der ihn traf, fuhr wie ein lähmendes Gift in seinen Körper. Er konnte nichts weiter tun als reglos dazustehen und auf die rote Ampel zu starren. Er verkroch sich in sein Innerstes und konnte sich doch nicht verbergen.

»Gib mich frei!« flehte er unhörbar.

»Laß mich gehen!« bettelte er.

Seine Seele war auf ein bloßes Wimmern zusammengeschrumpft, viel zu leise für die Gestalt dort oben, die ihn mit ihrem Blick gnadenlos aufspießte wie ein präpariertes Insekt.

Hirngespinst

Eigentlich sollte ich glücklich sein, aber seit einiger Zeit habe ich Anwandlungen, die mich an meinem Verstand zweifeln lassen. Ich liege zwischen den weißen Laken eines Krankenbettes. Wie bin ich hierher gekommen? Kaum daß ich mich erinnere! Losgerissene Brocken ohne Sinn und Zusammenhang treiben halb versunken durch mein Gedächtnis, das nur eine trübe Strömung ist, über deren Richtung ich keine Gewalt habe. Da ist das Bild einer blutverschmierten Rasierklinge, der Nachhall einer unbezwingbaren Verzweiflung und ein rasender Selbsthaß. Gedankenverloren streiche ich über meine Handgelenke, hinter denen ein sanfter Puls pocht. Die Haut dort ist glatt, unversehrt. Dabei ist es doch erst gestern gewesen? Meine Tat sollte mich erlösen, aber ich lebe. Ich lebe immer noch, und heute wundere ich mich darüber, daß diese Tatsache mich verwundert. Doch was ist das für ein Leben? Mein Mann greift scheinheilig nach meiner Hand, und jetzt steht mir alles wieder vor Augen: Das Leben an der Seite dieses Menschen, der mich halb im Scherz, halb im Ernst als »die Frau seiner Träume« zu nennen pflegte. Aber das war früher, und die Zeiten ändern sich, Träume verwandeln sich in Alpträume. Heute spioniere ich ihm nach und versuche herauszubekommen, was er im Schilde führt. Er ahnt nicht, daß ich seine Telefongespräche belausche. Er spricht mit gesenkter Stimme, den Rücken über den Hörer gekrümmt, und ich muß mir aus seinen Äußerungen die andere Hälfte des Gesprächs zusammenreimen. Viel gibt das nicht preis, ich meine nur soviel zu erkennen, daß es um Frauen geht. Auch ich komme in den Gesprächen vor, ich – sein Ein und Alles, in einem Atemzug genannt und auf dieselbe Stufe gestellt mit namenlosen Flittchen.

Wir haben das Krankenhaus verlassen, die Hand an meinem Ellbogen, dirigiert er mich über die Flure, vorbei an achtlosen Krankenschwestern und gleichgültigen Patienten. Wie gesagt, seit einiger Zeit habe ich Anwandlungen, die mich an meinem Verstand zweifeln lassen. Ich komme mir unwirklich vor. So als würde es mich gar nicht geben. Dicht nebeneinander gehen wir über den Bürgersteig, doch unsere Hände berühren sich nicht. Mein Spiegelbild in den Schaufenstern sieht so substanzlos aus wie ich mich fühle. Es zeigt eine Frau mit schulterlangen braunen Haaren und einem ernsten Gesicht. Mehr kann ich über die Gestalt, die ich sehe, nicht sagen. Es ist mir lieber, wenn mein Mann mich beschreibt, er findet die richtigen Worte.

Es ist noch nicht lange her, da führten wir ein aufregendes Leben. Vielleicht nicht von außen betrachtet, aber in unserer eigenen Welt, die wir bewohnten, waren wir ganz voneinander erfüllt. Ich bin jeden Tag anders. Je nach dem, wie er mich anschaut, verwandele ich mich. Mal bin ich ausgelassen, überschwenglich, mal still und nachdenklich, mal voller Einfälle, mal ganz die hingebungsvolle Zuhörerin. Wenn er es will, kann ich zärtlich sein, aber auch heftig bis hin zur Mutwilligkeit. Mein Mann, kann ich voller Stolz sagen, erfindet mich jeden Tag neu. Unter seinen Blicken nehme ich Gestalt an.

Aber ich tue Dinge, die ich im nächsten Moment vergesse. Erst liege ich neben ihm im Bett, und ohne Übergang sitzen wir am Frühstückstisch, frisch geduscht, strahlend, festlich gekleidet, als ob Sonntag wäre. Ist es Sonntag? Ich weiß es nicht, ich habe keine Ahnung vom Wochentag. Ich erinnere mich auch nicht, im Bad gewesen zu sein, und ich schaue an mir hinab, weil ich nichts davon weiß, wie ich mich heute angezogen habe. Das grüne Kleid mit dem Ausschnitt. Ich bin beruhigt.

Mein Mann lächelt. Er sieht mich, also gibt es mich. Er streicht mir übers Haar, und das Haar wird Wirklichkeit. Er blickt mir in die Augen, und meine Augen erwachen und erwidern seinen Blick. Er berührt meine Lippen, und im selben Moment kann ich meine Lippen spüren. Indem er mich wahrnimmt, werde ich mir selbst bewußt.

Ich weiß die Blicke der anderen nicht zu deuten, die sie meinem Mann zuwerfen, wenn er darauf besteht, daß im Kino, im Theater oder im Restaurant der Platz neben ihm für mich frei bleibt. Manchmal entspinnt sich ein erboster Wortwechsel, bei dem ich stummer Zuschauer bleibe, während mich die anderen Besucher oder Gäste wie Luft behandeln. Ich bin im Weg, ich soll verschwinden. Dabei wäre doch ich das einzige stichhaltige Argument gewesen, tausendmal überzeugender als die gestammelten Ausflüchte meines Mannes, mit denen er sich gegen die schlimmen Bezichtigungen verteidigt. Warum verweist er nicht einfach auf mich; das würde alles erklären und jeden Streit um einen reservierten Platz sofort beenden.

Die Mißachtung durch die anderen stört mich nicht. Reicht es denn nicht, von einem einzigen Menschen wahrgenommen und geliebt zu werden, um sich vollständig zu fühlen? Es ist eine Sache auf Gegenseitigkeit: Ebensowenig wie ich ihnen, bedeuten die anderen mir nichts; ich erlebe sie wie unter einer Glasglocke, sie sind für mich nicht mehr als flüchtige Schatten, die mir fremd bleiben.

Was mich traurig macht ist die Tatsache, daß es nirgendwo ein Foto von mir gibt. Denn wäre es nicht natürlich, daß man von dem Menschen, den man liebt, Aufnahmen hat, in einem Erinnerungsalbum, in dem man hin und wieder gemeinsam blättert, um sich gemeinsam die schönen Zeiten ins Gedächtnis zu rufen? Aber ich habe gar keine Erinnerungen. Ich erinnere mich nicht an meine Kindheit, nicht an mein Leben, bevor ich ihm begegnete, ja, nicht einmal daran, wie wir uns kennenlernten. Mich gibt es nur in der Gegenwart. Seiner Gegenwart.

Mein Mann versucht vor mir zu verheimlichen, daß er tablettensüchtig ist. Doch mir entgeht nichts. Als ich neulich in die Küche komme, überrasche ich ihn mit einem Dragee auf seiner flachen Hand. Das Dragee sieht so harmlos aus wie eine mit Lasur überzuckerte Schokolinse, aber davon lasse ich mich nicht täuschen. Das Glas Wasser steht schon bereit, mein Mann ergreift es, doch als er die Hand mit dem Dragee hebt, zögert er. Unsere Blicke haben sich getroffen, und ein unerklärlicher Schrecken durchfährt mich wie ein glühender Blitz. Mit einem Ruck läßt mein Mann das Medikament im Mund verschwinden, spült es hastig herunter. Er weicht meinem Blick aus. Eine halbe Stunde später setzt die Wirkung ein. Ich spüre, wie sich die Stimmung meines Mannes, die von Erinnerungen überschattet wird, allmählich aufhellt. Er wendet sich von mir ab, auch innerlich, so wird mir klar, entfernt er sich von mir. Meine Knie geben nach, und ich muß mich hinlegen.

Ich kann mit ihm nicht über meine Sorgen sprechen. Er meint, ich wäre überspannt, redete mir das alles nur ein. Das wären nur wieder diese Hirngespinste von mir. Vielleicht hat er ja recht. Vielleicht sollte ich ihm einfach vertrauen, so wie früher. Aber wie kann ich ihm vertrauen, wenn er diese heimlichen Telefonate führt und sich davonmacht, ohne glaubwürdige Erklärung zu seinem Ziel.

Wenn er geht, bin ich wie ausgeknipst. Erst wenn er wieder zurückkehrt und den Raum betritt, komme ich wieder zu mir und finde mich aufwachend auf der Couch wieder, zusammengesunken am Küchentisch oder neben dem Fenster an die Wand gelehnt. Diesmal wird es anders sein. Diesmal werde ich ihm folgen.

Schweigend beobachte ich seine Vorbereitungen zum Aufbruch. Er schlüpft in den Mantel, steckt Brieftasche und Schlüssel ein, verläßt das Haus grußlos, ohne einen Blick zurück. Die Tür fällt hinter ihm zu. Schon merke ich, wie sich mein Denken ausblendet, schwach wird wie ein Sender, dessen Empfang gestört wird. Schwankend erhebe ich mich und hefte mich an seine Fersen.

Ein Strudel von Gedanken erreicht mich über die Entfernung. Ich achte darauf, den Abstand nicht zu groß werden zu lassen, um die Verbindung nicht zu verlieren. In dem Durcheinander an Dingen, die ihm durch den Kopf gehen, gibt es auch Gedanken, die sich um mich drehen, und das wiederum gibt mir die Kraft, den nächsten Schritt zu tun. Behutsam einen Fuß vor den anderen setzend, balanciere ich wie eine Seiltänzerin über die dünne Spur, die seine Gedanken durch die Stadt ziehen. Daß es sich um düstere, beängstigende Bilder handelt, versuche ich zu ignorieren. Hauptsache, ich stehe vor seinem inneren Auge, allein das hilft mir, den Weg fortzusetzen.

Endlich erreichen wir das Ziel, ein unscheinbares Haus im Randbezirk der Stadt. Mein Mann nimmt die drei Stufen zum Eingang, drückt die Klingel und wird Augenblicke später eingelassen. Ich eile an die Tür, die sich hinter ihm geschlossen hat und spähe auf das Messingschild an der Seite. Ich lese einen weiblichen Vornamen, der Familienname sagt mir nichts. Davor ein Doktortitel. Zuerst spüre ich grenzenlose Erleichterung: Er geht zu einer Frau, ja, aber es ist eine Ärztin. Also ist er doch krank! Aber warum verheimlicht er es vor mir? Die Antwort entnehme ich der Berufsbezeichnung, und wieder wird mir angst und bange. »Neurologin, Psychiaterin« heißt es da. Sofort wird mir klar, worum es in Wirklichkeit geht. Bilder von Weißbekittelten, von vergitterten Fenstern, Zwangsjacken und Gummizellen tauchen vor meinem inneren Auge auf. »Das redest du dir alles nur ein!« höre ich noch seine Stimme, wenn ich versuche, über mein Gefühl der Fremdheit zu sprechen. Vielleicht hat er ja recht, und mit mir stimmt wirklich etwas nicht. Hier geht es um mich, und hier werden die nächsten Schritte eingeleitet. Er hat mich aufgegeben, will mich einweisen lassen, deshalb auch sein Gerede von Hirngespinsten, Verfolgungswahn, Einbildungen. Am Ende war es also doch wahr – er will mich loswerden! Ich wage es nicht, die Praxis zu betreten, statt dessen umrunde ich das Haus, bis ich aus einem offenen Fenster zwei Stimmen höre, eine Frauenstimme und die meines Mannes.

»Ich habe sie nicht genug geliebt«, sagt er gerade. »Hätte ich nicht nur an mich gedacht und mich mehr um sie bemüht, wäre das nicht passiert.«

»Den Selbstmord hätten Sie nicht verhindern können, sie war krank. Ernsthaft krank.«

Ich hocke mit dem Rücken zur Wand am Boden, über mir das geöffnete Fenster. Gedämpft dringt die Stimme durch die leicht bewegten Vorhänge nach draußen, unnachgiebig redet die Frau auf meinen Mann ein. Ich höre die Worte, aber ich kann ihren Sinn nicht mehr erfassen.

»Sie müssen loslassen!«

»Ich weiß.«

»Es war nicht Ihre Schuld!«

»Ich weiß.«

»Sie müssen das Leben neu lernen!«

»Ich weiß.«

Stille. Nur im Baum gegenüber trillert ein Vogel, hüpft von Ast zu Ast, als suchte er etwas, findet es nicht. Dann spricht mein Mann weiter, sehr leise. Seine Stimme durchbricht nicht die Stille, sie ist Teil davon geworden, als er kaum hörbar sagt: »Ich weiß, aber ich kann nicht. Ich weiß, aber ich will nicht. Ich weiß, aber ich darf nicht.«

»Warum dürfen Sie nicht?«

»Weil ich sie dann endgültig verliere. Das würde mich umbringen.«

»Sie haben Angst.«

»Ja.«

»Ich will Ihnen helfen. Sie müssen sich aus dem Teufelskreis aus Selbstvorwürfen, Rückzug und Lebensverleugnung befreien. Aber dazu müssen Sie mitarbeiten. Sie müssen sich helfen lassen.«

»Einverstanden.«

Ich höre das schwache Geräusch eines Stiftes, der über Papier kratzt.

»Ich schreibe Ihnen ein stärkeres Medikament auf«, sagt die Psychiaterin mit geschäftsmäßiger Stimme. Einer Stimme, die kein Mitleid kennt. »Ein zuverlässiges Mittel, es sollte auch Ihnen helfen.«

Das Gespräch ist beendet. Mein Mann verabschiedet sich. Er tritt er aus dem Haus, wendet sich ab und geht die Straße hinunter. Ich springe auf. Mein Körper ist ganz durchsichtig geworden, und als ich den Bürgersteig entlanglaufe, habe ich das Gefühl, wie ein fadenscheiniger Stoffetzen im Wind bewegt zu werden. Das haben sie mir angetan, er und diese Hexe von Seelenklempner!

Auf einer Brücke hole ich meinen Mann ein. Er dreht sich um, seine Augen weiten sich vor Überraschung, seine Hand sucht Halt am Brückengeländer, dann hat er sich wieder gefangen. Unter uns rauscht der Fluß.

Er schaut mir fest in die Augen, kaum daß sein Blick flackert, und sagt: »Verschwinde aus meinem Leben, du bist nicht echt.« Es klingt wie eine Beschwörungsformel, mit der man Geister vertreibt. »Du bist nur eine Erfindung. Verschwinde!« Seine Entschlossenheit erschreckt mich, seine Stimme zittert nur ein kleines bißchen. Aber auch ich bin plötzlich fest entschlossen. Im sauren Klima meiner Wut gerinnt Imagination zur Realität. Ich trete aus mir selbst heraus, von der Leinwand seiner Einbildungskraft hinab in den substanzerfüllten Zustand aus Haut und Knochen, einem klopfenden Herzen und Blut, das in Wallung gerät. Und Hände, die sich heben und um seine Kehle legen!

Meine Hände um seinen Hals beseitigen jeden Zweifel, sie fühlen sich so echt an. Ich drücke zu. Noch nie in meinem Leben habe ich mich so wirklich gefühlt wie jetzt! Das ist der

Beweis: Ich lebe. Der Druck, mit dem meine Finger seinen Atem abpressen, läßt mich innerlich jubeln: *Ja, du lebst!*

Die Augen meines Mannes treten hervor, sein starrer Blick bettelt um Gnade, aber ich kenne keine Gnade, ich will Rache! Seine Angst und Verzweiflung verleihen mir zusätzliche Kraft, sie beflügeln mich. Er lehnt sich weit zurück, hängt halb über dem Geländer der Brücke, aber meinem Griff kann er sich nicht entwinden. Plötzlich geht alles sehr schnell. Ein heftiges Handgemenge, ein Gerangel, seine Füße stoßen in die Luft, und ohne daß ich weiß, wie es geschieht, stürzt mein Mann von der Brücke in die Tiefe.

Ich höre seinen Körper auf dem Wasser aufschlagen, und als ich mich hinunterbeuge, ist er schon untergetaucht und wird von der Strömung fortgerissen. Ich eile auf die andere Seite der Brücke und starre auf die Wellen. Mit dem Gesicht nach unten treibt er rasch weiter. Während er langsam ertrinkt, spüre ich, wie eisiges Wasser *meine* Lungen füllt. Ich versinke immer tiefer in einem Element, das ich nicht mehr erkenne, ich bin blind und taub, mein Atem stockt, meine fühllosen Hände greifen ohne Ziel ins Leere, tasten in einer Unterwasser-Pantomime umher, als wollten sie die Blindenschrift sterbender Gedanken erfassen.

Ich werde ausgelöscht, und es gibt nicht eine Menschenseele, die davon Notiz nähme.

Der Mann im Ei

Das Haus war totenstill. An seinem Schreibtisch sitzend, hob Bertram Kuzzath den Kopf und lauschte. Kein Zweifel, es herrschte eine Ruhe wie auf einem Friedhof. Es war ihm gar nicht aufgefallen, daß etwas fehlte, erst jetzt wurde ihm bewußt, daß jegliche Aktivität in der Nachbarschaft zum Erliegen gekommen war. Das Rumoren der Mitbewohner hatte aufgehört, kein Türenschlagen ließ sich mehr hören, selbst das allgegenwärtige Radiogedudel war verstummt. Jetzt wäre die Gelegenheit gewesen, Liegengebliebenes zügig abzuarbeiten. Wenn, ja, wenn diese Stille nicht so gespenstisch gewesen wäre. Es war zu ruhig, und das machte Bertram nervös. War es vorher das unausgesetzte Lärmen gewesen, das ihn von der Arbeit abhielt, so störte ihn jetzt sein Fehlen. Bertram schob den Stuhl zurück und schaute sich um.

Die Wände seines Büros waren gewölbt, neigten sich emporstrebend zueinander, verjüngten den Raum nach oben hin und trafen sich in einer abgerundeten Spitze. Es gab kein Wortspiel, keinen Kalauer, keine Anspielung auf die Form des Raums, die Bertram Kuzzath noch nicht gehört hatte. »Brüten Sie wieder etwas Neues aus?« scherzte so mancher Besucher und hielt sich für originell. Ebenso wie jene, die meinten, das letzte Buch wäre ja wohl nicht gerade »das Gelbe vom Ei« gewesen. Oder glaube er ernsthaft – haha –, das »Ei des Kolumbus« gefunden zu haben? Kuzzath war sich nicht zu schade, über diese Scherze schweigend hinwegzugehen. An diesem Ort ging es um geistige Dinge, um die Welt des Wortes, da war für derlei Sottisen kein Platz.

Über eine Stufe gelangte man hinauf zu einer niedrigen Empore, die Bertrams Schreibtisch beherbergte, auf einem anderen Podest gab es für Besucher ein schmales Sofa mit einem niedrigen runden Tischchen davor, während sich ringsum Regale in das Gewölbe schmiegten, die vollgestopft waren mit Büchern und Papierstapeln und die man über schmale, in die Wand eingelassene Stiegen erreichte. Hinter einem Paravent versteckt ein kleines Waschbecken, darüber ein Spiegel.

Die ungewöhnliche Form des Raums veränderte auch die Akustik. Weil die Echos von hier nach dort geworfen wurden, täuschten sie das Ohr, das den Ursprung der Laute nicht mehr orten konnte. So geschah es nicht selten, daß Bertram das Gefühl hatte, jemand stünde hinter ihm und spräche ihn an, wenn es doch nur er selbst gewesen war, der gedankenverloren vor sich hingemurmelt hatte.

Von seinem Fenster aus hatte Bertram einen Blick auf das städtische Gefängnis gegenüber. Gerade als er hinausschaute, seilte sich ein Mann über die Mauer ab, und zwar genau so, wie man es aus unzähligen Darstellungen kannte, nämlich an einer improvisierten Leiter aus aneinandergeknoteten Bettlaken. Weit brachte ihn das aber nicht, denn schon eilten zwei Vollzugsbeamte um die Ecke, um am Fuße der Mauer geduldig zu warten, bis der Ausbrecher das Ende der Laken erreichte. Kaum hatte er seine Füße auf den Bürgersteig gesetzt, wurde er in Gewahrsam genommen. Wie um den Schein zu wahren, unternahm er den halbherzigen Versuch, sich dem Griff zu entwinden. Dann ließ er sich rechts und links unterhaken und hängenden Kopfes abführen. Die Rücken der drei Männer waren das letzte, was Bertram sah, bevor die Schiebetür aus Stahl donnernd ins Schloß fiel.

Wieder diese Stille. Wieviel Zeit war vergangen? Die Frage wirkte auf einmal deplaziert, wie ein Relikt aus einer anderen Welt. Bertrams müder Blick befragte das Ziffernblatt der Wanduhr, aber die Zeiger, so schien es ihm, hatten sich schon lange nicht mehr bewegt. Sie waren um acht Minuten nach zehn stehengeblieben. Das mußte der Zeitpunkt gewesen sein, meinte sich Bertram zu erinnern, als er in der Innenstadt gewesen war und den Rettungseinsatz beobachtet hatte.

In der Bäckerei mit angeschlossenem Imbißraum pflegte er sein zweites Frühstück zu sich zu nehmen und sich für den Rest des Arbeitstages eine Tüte mit Teilchen einpacken zu lassen. Man kannte ihn dort als Stammkunden. Er war nur noch wenige Schritte von der Bäckerei entfernt gewesen, als ihn wie aus dem Nichts ein Stoß in den Rücken nach vorne warf. Sein Herz setzte aus. Die plötzliche Dunkelheit, durch die er taumelte, war angefüllt von druckvollem Schmerz, etwas presste ihm den Brustkorb zusammen und schnürte ihm die Luft ab. Jetzt bloß nicht zusammenklappen, durchzuckte es ihn. Panisch versuchte er, sich auf den Beinen zu halten. Er bekam den Griff der Ladentür zu fassen und fiel mehr als er ging ins Innere. Er hörte einen Schrei und Schritte, die auf ihn zueilten.

»Geht es Ihnen nicht gut, Herr Kuzzath?« sagte eine Stimme dicht vor seinem Gesicht. »Brauchen Sie einen Arzt?«

Allmählich lichteten sich die Schatten, und Bertram konnte wieder klar sehen. Keuchend kam er zu sich.

»Nicht. Nötig«, japste er. »Geht. Schon wieder. Keinen. Arzt!«

Er bemerkte, daß er sich auf die Verkäuferin stützte, seine Finger hatten sich unwillkürlich in ihre Schulter gegraben. Obwohl ihm die körperliche Nähe unangenehm war, sah er sich außerstande, den Halt aufzugeben. Besorgt musterte die Frau sein Gesicht.

»Sie sind ja kreidebleich. Sie sollten sich setzen.«

Damit dirigierte sie ihn in eine der Nischen des Cafés und bugsierte ihn auf eine Bank.

»Ich bring' Ihnen erst mal ein Wasser. Und dann einen Kaffee, der wird Sie aufmuntern!«

Kurz darauf kehrte sie mit einem Tablett zurück, auf dem die beiden Getränke standen, außerdem sein üblicher Frühstücksteller. »In den Kaffee habe ich einen Schuß Cognac getan, das weckt die Lebensgeister.«

Bertram fühlte sich zu schwach, um zu protestieren oder darauf hinzuweisen, daß dies für ihn als Abstinenzler kaum die richtige Medizin war, es reichte gerade mal zu einem gemurmelten Dank. Er trank das Wasser in kleinen Schlucken, zwischen denen er immer wieder absetzen mußte, um Luft zu holen. Allmählich ging sein Atem wieder ruhiger. Dann nahm er das Frühstück in Angriff. Mit dem Essen kam der Appetit, und er vertilgte die belegten Brötchen mit wachsendem Genuß. Zuletzt kippte er noch den mit Hochprozentigem angereicherten Kaffee herunter.

Bertram horchte auf die Signale seines Körpers, aber der Schreck von eben schien überwunden. Jetzt konnte er es wagen aufzustehen. Er probierte ein paar vorsichtige Schritte. Alles bestens. Genau genommen fühlte sich Bertram außerordentlich wohl, geradezu erfrischt.

Die Theke fand er verwaist, die Verkäuferin war nirgends zu sehen. Bertram legte einen abgezählten Betrag auf die Münzschale und trat ins Freie.

Draußen hatte sich vor einem Rettungswagen, der am Straßenrand parkte, eine Menschentraube gebildet. Kuzzath gelangte kaum durchs Gedränge. Die Leute scharten sich Schulter an Schulter um einen Körper, der am Boden lag, versperrten ihm die Sicht auf den Verletzten. Er bekam nur ein Männerhosenbein und einen Schuh zu sehen, dessen Schnürsenkel offen war.

»Entschuldigung, darf ich mal durch!«

Man beachtete ihn gar nicht. Kuzzath mußte sich mit Gewalt einen Weg bahnen. Selbst das ließ die Leute ungerührt. Endlich kam er frei. Er wandte sich noch einmal zurück zu der Menge, einen erbosten Tadel auf der Zunge, aber er blickte nur auf eine Phalanx aus ihm zugekehrten Rücken, über die rhythmisch das Blaulicht des Rettungswagens zuckte.

Der Mond stand fahl und wie ein ausgebleichter Schädel hoch am Himmel – leicht abnehmend, sein rechter Rand schon angeätzt von dem umgebenden Blau, das Weiß in Auflösung begriffen, verschwommen, durchscheinend.

Als Bertram die Tür des Gründerzeithauses aufschloß, in dem sich sein Büro befand, bemerkte er, daß sich sein rechter Schnürsenkel gelöst hatte. Beiläufig bückte er sich und band ihn wieder zu. Im Treppenhaus, in dem sonst ein Kommen und Gehen herrschte, rührte sich immer noch nichts. Hinter den Wohnungstüren, an denen Bertram auf dem Weg zu seiner Etage vorbeikam, herrschte brunnentiefe Stille.

War heute ein besonderer Tag? Bertram konnte sich nicht auf das Datum besinnen. Der Kalender im Büro, da war er sich sicher, war nicht auf dem aktuellen Stand. Der Tag, den er anzeigte, mußte längst vergangen sein. Bertram riß das Blatt ab, doch darunter zeigte sich dieselbe Zahl, ebenso auf dem nächsten. Daran änderte sich auch bei den weiteren Blättern nichts, der Kalender kannte nur noch ein einziges Datum. Bertram stieg über die Papierfetzen mit der immergleichen Zahl, die einen Teppich zu seinen Füßen bildeten, und nahm an seinem Schreibtisch Platz. Hier wartete noch viel Arbeit auf ihn.

Plötzlich klopfte es an der Tür.

»Herein!« rief Bertram. Nichts rührte sich. Nach einer Weile ertönte das Klopfen erneut.

»Herein!« wiederholte Bertram, diesmal eine Spur ungehalten. Immer noch keine Reaktion. Bertram zuckte die Schultern und widmete sich wieder den Papieren, die vor ihm lagen. Es handelte sich um ein Manuskript, verfaßt in seiner Handschrift, doch die Geschichte, die er dort begonnen hatte, sagte ihm nichts. Aber sie gefiel ihm, bot einen vielversprechenden Einstieg. Nach kurzem Nachdenken ergänzte er sie kichernd um weitere Absätze, in denen sich eine dramatische Wendung ankündigte. Bald jedoch ließ seine Konzentration nach.

Ob es an dem Cognac lag, den ihm die Frau in der Bäckerei aufgedrängt hatte, daß er sich so müde fühlte? Er hatte zwar keinen Hunger, aber vielleicht wäre es an der Zeit, eine Pause einzulegen und eine Kleinigkeit zu essen. Die Tüte mit dem Gebäck war nirgends zu finden, er mußte sie in der Bäckerei liegen gelassen haben. Er beschloß, sich noch einmal auf den Weg zu machen; heute würde er ohnehin keine großen Werke mehr vollbringen.

Der abnehmende Mond, der jeden seiner Schritte zu verfolgen schien, stand an gewohnter Stelle über den Dächern. Bertram bog auf den Platz ein, an dem die Bäckerei lag. Schon von weitem sah er den Rettungswagen, der immer noch vor der Ladenzeile am Straßenrand parkte. Der Bürgersteig war leer. Das lautlos rotierende Blaulicht warf Reflexe auf die Schaufensterscheiben. In der Bäckerei wandte ihm die Verkäuferin, an den Regalen mit Brotlaiben hantierend, den Rücken zu.

Bertram wartete einen Moment, bevor er sich räusperte. Sie mußte sein Eintreten doch bemerkt haben! Die Frau ließ sich in ihrem Tun nicht stören.

»Entschuldigen Sie. Ich habe vorhin mein Gebäck vergessen«, sprach Bertram zu ihrem Rücken hin. Die Frau fuhr unbeirrt fort, Brötchen und Brote aus einem Korb aufs Regal zu legen.

»Hallo! Hören Sie?« versuchte es Bertram mit erhobener Stimme. Immer noch keine Reaktion. Bertram ließ es auf sich beruhen und schaute sich nach seiner Tüte um, die sich doch noch irgendwo befinden mußte. Und tatsächlich, da lag sie ja, auf dem Tisch, an dem er gesessen hatte, um sich von dem Schreck zu erholen. Er nahm sie und ging. Als er nach draußen trat, wandte ihm die Verkäuferin noch immer den Rücken zu.

Die Straße war, bis auf den Rettungswagen, wie ausgestorben. Bertram trat dicht an die Milchglasscheibe und versuchte, ins Innere zu spähen, aber außer einer verwischten Bewegung, wie von Schatten, die sich in einer Wolke zu Regen verdichteten, sah er nichts. Er wandte sich ab und steuerte sein Büro an.

Von fern wehte Musik herüber. Eine Kapelle schleppte eine schwermütige Weise wie eine Last durch die Gassen der Altstadt. Der Wind verdrehte die Töne, die klangen wie auf verstimmten Instrumenten gespielt. Bertram schaute in eine Seitenstraße und erhaschte einen Blick auf einen Zug Schwarzgekleideter, deren schwankende Rücken sich langsam von ihm entfernten. Der Mond stand ausdruckslos über der Szene.

Auf dem Schreibtisch wartete immer noch die Arbeit auf ihn. Er starrte auf die Schriftstücke, las ein paar Worte, ohne ihren Sinn zu erfassen. Er rieb sich über die Stirn. An Konzentration war heute nicht zu denken. Seine Gedanken schweiften ab. Vielleicht inspirierte ihn die Lektüre fremder Literatur. Welches Buch hatte er zuletzt gelesen? Ach ja, jetzt fiel es ihm wieder ein: »Mailand gibt es nicht« von Tommaso Landolfi. Er stieg zu einem der Regale empor, fand das Buch und schlug es kurz vor dem Lesezeichen auf, das er zwischen die Seiten gesteckt hatte. Er begann andächtig zu lesen, bewegte leise die Lippen, erreichte die letzten Sätze, an die er sich erinnerte, und blätterte um. Die Geschichte begann wieder von vorn, Bertram blätterte weiter, und sie endete exakt dort, wo er zuletzt aufgehört hatte. Ein Fehldruck? Hastig schlug Bertram die Seiten um, aber immer wieder tauchte derselbe Text auf: jene Geschichte, die er zuletzt gelesen hatte, und sie brach immer an der Stelle ab, den das Lesezeichen markiert hatte.

Bertram stellte das Buch, das er wohl nie würde zu Ende lesen können, ins Regal zurück. Er griff nach einem anderen Band, an dessen Inhalt er sich kaum noch erinnerte. Er blinzelte, rückte die Brille zurecht, blinzelte, glaubte an einen Sehfehler, an eine Täuschung. Die Seiten waren leer, das Papier so unberührt wie frisch gefallener Schnee. Hier und da tauchte ein Satz auf, ein verstreutes Wort, als Spur, die seine Erinnerung hinterlassen hatte. Das war alles, mehr nicht. Die anderen Bücher seiner Bibliothek, die er immer hastiger aufschlug, flüchtig durchblätterte, zu Boden warf, aufschlug, durchblätterte, von sich warf, sie alle waren in in dem gleichen Zustand.

Bertram dachte an den Snack, für den er sich heute eigens ein zweites Mal zur Bäckerei bemüht hatte. Langsam kletterte er die Stiege hinunter, ging zum Tisch, griff in die Tüte. Er biß in ein Teilchen, kaute gedankenverloren, bis er bemerkte, daß die Tüte, obwohl er sich schon oft bedient hatte, nicht leer wurde. Egal, wieviel er aß, es lag in ihr immer die gleiche Anzahl von Gebäckstücken – unberührt, warm und knusprig frisch. Ihm wurde der Mund trocken, er mußte etwas trinken. Vom Vortag stand da noch eine Colaflasche, Bertram nahm einen langen Zug. Er nahm einen weiteren Schluck, dann noch einen, er trank und trank, bis … Er setzte sie ab, ein Aufstoßen unterdrückend. Abgesehen davon, daß er die Flasche nicht leer trinken konnte, hatte die Brause auch ihren Geschmack behalten, sie war kühl und prickelnd, als hätte er sie eben erst geöffnet.

Plötzlich klopfte es an der Tür. Bertram stutzte. Er erwartete keinen Besuch. »Herein!« rief er. Nichts rührte sich. Nach einer Weile ertönte das Klopfen erneut. »Herein!« wiederholte Bertram, leicht gereizt. Immer noch keine Reaktion. Bertram schüttelte den Kopf, schob seine Zwischenmahlzeit beiseite und widmete sich den Papieren, die vor ihm lagen. Es handelte sich um ein Manuskript, verfaßt in seiner Handschrift, doch die halb fertige Geschichte sagte ihm nichts. Weil sie ihm aber gefiel, fügte er kichernd ein paar Absätze hinzu.

Zum ersten Mal empfand Bertram den Sommer in der Stadt nicht als bedrückend, die Sonne war ein fernes, freundliches Gestirn, das ihn nicht mit Hitze oder übertriebenem Glast behelligte. Die Straßen waren erfüllt von einem weichen, indirekten Licht, und aus dem Schatten der Kathedrale mit den kühlen Steinen strich ein angenehmer Wind. Hoch über seinem Kopf schwirrten Mauersegler, die ihn an all die vergangenen Sommer erinnerten, die er erlebt hatte, ihre langgezogenen Schreie wie Ausrufezeichen am Schieferhimmel. Über den Dächern stand am selben Fleck der abnehmende Mond, durchscheinend wie eine dünne Oblate. Und zu jeder Tageszeit der wartende Notfallwagen am Straßenrand, dessen Blaulicht, wenn er ihn am Abend sah, eine schimmernde Kuppel in die Dämmerung malte.

Die zuvor leeren Straßen waren nun wieder bevölkert. In der Menge meinte Bertram alte Bekannte wiederzusehen, doch war das anhand der Rückansicht schwer zu beurteilen. Einmal folgte er einer Gestalt, in der er seinen besten Freund zu erkennen glaubte. Als er den Mann endlich eingeholt hatte und ansprach, verharrte der abwartend, ohne sich umzudrehen. Bertram wiederholte seine Frage, noch immer rührte der andere sich nicht.

Bertram versuchte den Freund zu umrunden, wollte ihm ins Gesicht sehen, doch das schien nicht möglich. Er ergriff seinen Arm, riß ihn herum – und blickte doch wieder nur auf einen Hinterkopf. Da erwachte der Mann aus seiner Starre, schüttelte die Hand ab und eilte davon. Bertram schaute ihm hinterher, unfähig zu irgendeinem Gedanken.

Im Büro wartete Unerledigtes, das unerledigt blieb. Bertram war ohne jeden Antrieb, aber keineswegs kraftlos, erschöpft oder niedergedrückt – im Gegenteil: Er fühlte sich erleichtert. Er spürte keinen Druck mehr, da war nichts, was ihn noch drängte, etwas zu tun. So fühlte er sich auch nicht mehr verpflichtet, den Packen Bücher auszuliefern, den er schon für die Buchhandlungen aufgestapelt hatte. Die Händler warteten sicher schon mit wachsender Ungeduld auf die Lieferung und mußten die enttäuschten Kunden ein ums andere Mal vertrösten. Bertram war's gleich. Ohne schlechtes Gewissen ließ er Termine platzen, ignorierte die Einladungen zu Lesungen, Autorenrunden, kulturellen Empfängen, Vernissagen, Tagungen und Messen, denen er als Mann des Wortes und als Verleger sonst emsig nachgekommen war. Briefe stapelten sich auf der Fußmatte vor der Tür. Bertram öffnete die Umschläge nicht, er machte sich nicht einmal die Mühe, sie aufzuheben und wegzuräumen.

Als er schließlich in dem Spiegel im Büro sich selbst von hinten sieht, akzeptiert Bertram auch dies. Es erscheint ihm als selbstverständlich, daß ihm jetzt sogar sein eigenes Spiegelbild den Rücken zuwendet. Fast ist er dafür dankbar, verspürt er doch keinen Wunsch, in sein Gesicht zu sehen.

Er legt eine Hand auf das kühle Kristall. Als hätte der Mann auf der anderen Seite die Berührung gespürt, schreckt er auf und springt zum Ausgang, um das Zimmer zu verlassen. Die Tür schlägt hinter ihm zu, der Raum ist leer.

Bertram kehrt an seinen Schreibtisch zurück und setzt ein paar Worte aufs Papier, ergänzt eine Geschichte, die nie fertig wird. Plötzlich hält er inne, denn es hat geklopft. Bertram steht auf, öffnet die Tür und streckt zum ersten Mal den Kopf in den Flur. Aber da ist niemand.

Bertram läßt sich in den Bürosessel sinken, verschränkt die Hände im Nacken und starrt in die Kuppel über sich. Er versucht, sich die Welt vorzustellen, in der er nicht mehr existiert, aber es ist wie immer. Er stößt an eine unsichtbare Grenze, an der jeder Gedanke stockt, an der alles Denken endet.

Heute, Kinder, wird's was geben

Der Mann rasierte sich vor dem Badezimmerspiegel. Er hatte sein Gesicht eingeseift, von Ohr zu Ohr, und mit dem Schaum auf Kinn und Wangen ähnelte er schon der Figur, die er an diesem Abend verkörpern sollte. Denn heute würde der Weihnachtsmann zur Bescherung kommen. Es sollte eine Überraschung werden für seine zwei kleinen Kinder, doch der Mann verspürte keinerlei Vorfreude. Weihnachten war ein schales Fest, seine Bräuche hohl. Eigentlich hätte der Mann platzen sollen vor Lebenslust, aber er fühlte nichts mehr, seit er die Klinik verlassen hatte.

Er hörte die Kinder aufgekratzt und ausgelassen über die Treppe toben, von ihrer Mutter, die hier und da noch Vorbereitungen traf, milde zur Ruhe ermahnt. Den ganzen Tag schon zog Plätzchenduft durchs Haus. Alle Räume waren festlich geschmückt, im Wohnzimmer wartete der prachtvoll behängte Christbaum. In den Fenstern schwebten selbstgebastelte Weihnachtssterne, und überall roch es nach Tannengrün und Kerzenwachs. Draußen versank der Garten unter erstaunlichen Schneemassen, selbst der Wunsch nach weißer Weihnacht war dieses Mal wahr geworden. Vor dem Haus stand ein aus Lichtschläuchen geformtes Gespann im Schnee, der Weihnachtsmann auf einem Schlitten, gezogen von einem Rentier. Dieses Jahr hatte die Ehefrau dem Hang nach Sentimentalität und Kitsch nachgegeben, denn für sie war es diesmal ein ganz besonderes Weihnachtsfest. Es war das erste seit langem, das die Familie unbeschwert feiern konnte. Ihr Mann hatte sie gewähren lassen, ihm war es egal.

Der Mann nahm den Rasierer und begann, sorgfältige Bahnen durch den Schaum zu ziehen. Nach und nach legte er makellose Gesichtszüge frei. Glatte, gesunde Haut. Sein Blick glitt prüfend über den bloßen Oberkörper. Von den Verwüstungen, mit denen die Krankheit ihn einst überzogen hatte, war keine Spur mehr zu sehen.

Der Mann beendete seine Rasur mit etwas Aftershave. Er fuhr sich durch den dichten Schopf. Es kam einem Wunder gleich. Nein, um ehrlich zu sein, es *war* ein Wunder. Ein Wunder indes, das ihn kaltließ. Der Mann kleidete sich an und ging nach unten. In der Küche stellte seine Frau gerade die Bleche mit den Plätzchen zum Auskühlen zur Seite. Lächelnd wandte sie sich um.

»Das wird unser schönstes Weihnachten«, sagte sie.

Der Mann wußte, was er zu sagen hatte, er kannte seinen Text. Er wollte seine Frau nicht enttäuschen.

»Das erste, das ich wieder als gesunder Mann mit euch feiern darf«, antwortete er mechanisch.

»Ist auch alles in Ordnung?« fragte die Frau mit einem Anflug von Sorge.

»Natürlich. Die letzte Untersuchung war ohne Befund. Der Doktor ist sehr zufrieden.«

Sie schlang ihre Arme um ihn und legte den Kopf an seine Schulter. »Ich bin ja so glücklich, daß der Krebs nicht wieder zurückgekommen ist …!«

Sie wollte ihn küssen, doch der Mann drehte den Kopf weg.

»Wir sind so lange nicht mehr zusammen gewesen!« klagte sie leise. »Ich mußte so viel entbehren. Ich habe dich vermißt. Deine Nähe. Deine Berührungen.«

Der Mann nickte geistesabwesend und streichelte ihren Rücken.

»Sicher, sicher«, murmelte er. »Mir ging es doch genauso.«

Er löste sich aus ihrer Umarmung. »Wir haben später noch Zeit. Laß uns an die Bescherung denken. Ich sollte mich jetzt umziehen.«

Im Arbeitszimmer, wo er das Weihnachtsmannkostüm aufbewahrte, war es dämmrig. Nur durch die Fenster fiel der Schimmer der Straßenlaternen, den der Schnee reflektierte. Als der Mann das Zimmer betrat, hörte er das Geräusch eines rasselnden Atems aus der Richtung des großen Sessels hinter dem Schreibtisch. Seine Hand bewegte sich zum Lichtschalter.

»Mach es nicht an!«

Die Stimme klang rostig, schartig, und dabei auf beunruhigende Weise bekannt. Der Mann gehorchte, starr vor Schreck.

»Wer sind Sie? Wie sind Sie ins Haus gekommen? Was machen Sie hier?« Das waren zu viele Fragen auf einmal. Die Gestalt hinter dem Schreibtisch, deren Umrisse unförmig wie ein Berg Lumpen aussahen, lachte, und die Stimme kippte in ein krampfhaftes Husten um.

»Nehmen wir an, ich wäre durch den Kamin gekommen. Setz dich, und ich erzähle dir alles der Reihe nach.«

Der Mann tastete im Dunkeln umher, zog einen Stuhl heran und ließ sich vorsichtig nieder. Er war auf der Hut. Mußte Zeit gewinnen.

»Kennen wir uns?« Noch immer konnte er die erschreckend vertraute Stimme nicht einordnen.

»Das kann man wohl sagen!«

»Woher?«

»Denk zurück an die Zeit, als du den Kampf gegen den Krebs verloren gabst! Was hat dich da gerettet?«

Der Mann war verwirrt. Wovon redete der Eindringling da? Der Mann hatte Mühe, seine Gedanken zusammenzuhalten. Dann erinnerte er sich. Deus ex machina. So hatte er die Rettung in letzter Minute für sich genannt. Tatsächlich steckte der Erlöser in einer Maschine, die ihn von allem Übel heilen konnte. Eine neue, bisher kaum erprobte Errungenschaft technischen Erfindergeistes.

Der Mann räusperte sich. »Eine Entwicklung aus der Raumfahrttechnik«, sagte er. »Sollte Menschen und Gegenstände per Translokation über große Entfernungen bewegen, ohne ein Gefährt. Nur auf einem Quantenstrahl.«

»Die Technik wurde nie praxisreif«, nahm der andere den Faden auf. »Wie sich herausstellte, wäre der nötige Rechen- und Energieaufwand viel zu groß gewesen, als daß man damit nennenswerte Entfernungen hätte überbrücken können. Aber, und das war der Clou, auf kurze Distanz funktionierte es, und ein findiger Ingenieur hatte die Technik für die medizinische Anwendung erweitert. Er hatte dem Gerät einen Filter hinzugefügt, der bei der Translokation entartete Zellen aussortiert und auf der Zielplattform nur die gesunden Körperzellen wieder zu einem vollständigen Menschen zusammenfügt. Aber ersparen wir uns die technischen Details.«

Bisher hatte es nur in der Forschungseinrichtung einen Prototyp des Geräts gegeben, und natürlich war die Behandlung keine Kassenleistung. Um die Kosten aufzubringen, hatte der Mann eine Lebensversicherung auflösen, eine Hypothek auf das Haus aufnehmen und einen Goldvorrat, die Vorsorge für schlechte Zeiten, veräußern müssen. Es war der letzte Strohhalm, nach dem er griff. Und der Erfolg rechtfertigte den hohen Einsatz. Er hatte die Klinik als gesunder Mann verlassen.

»Das Leben war ein Geschenk«, sagte er jetzt mit belegter Stimme. »Unverhofft, unerwartet, eine kosmische Überraschung! Den Haufen Krebszellen, den die Ärzte aus mir heraus teleportiert hatten, konnte ich leichten Herzens hinter mir lassen.«

»Wenn das Leben ein Geschenk wäre«, raunte die Stimme, »dann dürften wir es behalten. So ist es aber nicht. Merk dir das! Das ist eine Lektion, die du lernen mußt.«

Der Lumpenhaufen geriet in Bewegung, die Gestalt beugte sich vor, und dann leuchtete die Schreibtischlampe auf. Geblendet sprang der Mann auf, polternd fiel der Stuhl um. Der ungebetene Gast schob das Gesicht in den Lichtkegel und grinste ihn an.

Der Mann kannte das Gesicht. Es war *sein eigenes* Gesicht – von Geschwüren entstellt. Sein erster Gedanke war, daß er so aussehen würde, hätte es für ihn keine Rettung gegeben. Voller Entsetzen sah er, wie sich unter der Haut des anderen etwas regte, als würden dort Maden umherkriechen, die Beulen waren in ständiger Bewegung, zuckten wie in Krämpfen. Die Augen waren blutunterlaufen, aber wachsam, der Blick scharf.

»Ich war zwei Jahre lang dein Begleiter. Sogar noch länger, wenn man zurückgeht zum allerersten, noch unentdeckten Moment, lange vor der ersten Diagnose«, raunte der Krebsmann. »Und so hast du mich im Krankenhaus zurückgelassen!«

»Wie kann das …« Ein Stammeln. Eine unwillige Bewegung gebot Schweigen.

»Über die sensationelle Heilung hattet ihr die dunkle Seite der Geschichte vergessen. Der aussortierte Zellhaufen war nämlich außergewöhnlich groß gewesen. Wenig verwunderlich, schließlich hatte die Krankheit fast jeden Körperteil im Griff. Was nach der Translokation im Filter übriggeblieben war, war fast so umfangreich wie das, was in deiner Gestalt aus der Klinik spazierte.«

Während der andere sprach, war der Mann unauffällig zum Schrank vorgerückt. Er mußte zu der Schublade gelangen, in der die Waffe lag.

»Krebszellen sind widerstandsfähig und praktisch unzerstörbar. Eine Mutation. Sie wurden zu einer Art besserer Stammzellen, die all die fehlenden oder unvollständigen Organe nachbilden konnten. Du kannst dir die Aufregung vorstellen, die das Phänomen im Labor auslöste. Weil man mich nicht umbringen konnte, sperrte man mich weg, beobachtete mich, forschte, machte Experimente mit mir. Ich überlebte sie alle. Mein Bewußtsein kehrte zurück, meine Erinnerungen. Trotzdem dauerte es eine Weile, bis ich begriff, was mit mir geschah. Aus den Diskussionen der Ärzte und Wissenschaftler, die ich aufschnappte, verschaffte ich mir ein Bild. Ich bin ein neuer Mensch. Die nächste Stufe der Evolution.«

Der Krebsmann war endlich fertig mit seiner Geschichte. Behutsam zog der Mann die Lade in seinem Rücken auf, ertastete den Griff der Automatik. Im nächsten Augenblick zielte die Mündung auf den Krebsmann. Der schien kein bißchen überrascht und blieb gelassen.

»Schieß nur, es würde mir nichts ausmachen. Du kannst mich nicht töten. Das haben schon andere versucht, mit wesentlich drastischeren Mitteln. Du kannst mich nicht mal aufhalten. Du würdest nur deine Familie erschrecken, wenn du jetzt schießt. Und wie würdest du deiner Frau und deinen Kindern meine Anwesenheit erklären?«

»Was willst du also?«

»Ich will zurückhaben, was du mir genommen hast! Ich erinnere mich an alles, an meine Frau, an die beiden Kleinen. Ich erinnere mich an den verzweifelten Kampf und die nie versiegende Hoffnung auf Heilung. Ich erinnere mich an den Moment, als ich in die Röhre des Translokators geschoben wurde. Dann eine lange Zeit der Dunkelheit, und schließlich die langsame Rückkehr des Bewußtseins. Der Schock des Erwachens als Krebsmann. Ich vermisse die Liebe meiner Familie. Ich will mein Leben wieder zurückhaben.«

»Wie soll das gehen? Wie stellst du dir das vor? Willst du dich einfach zu uns setzen und mit uns ›Oh du fröhliche‹ singen?«

»Red keinen Blödsinn. In deinen Augen bin ich vielleicht krank, aber ich bin kein Idiot. Mein Plan ist folgender. Die Kinder haben sich so sehr auf den Weihnachtsmann gefreut, und um diese Freude will ich sie nicht bringen. Also werde *ich* diese Rolle übernehmen. Die Verkleidung wird verhindern, daß sie meinen Zustand bemerken.«

»Das kann ich auf keinen Fall zulassen!«

Der Krebsmann stand vor ihm und wandt ihm die Waffe aus der widerstandslosen Hand.

»Das war keine Bitte. Das ist ein Befehl.«

Auf einmal drangen aus dem Weihnachtszimmer, in dem die Frau mit den beiden Kindern wartete, Stimmen herüber. Die zwei Männer hielten inne und lauschten dem Wortwechsel.

»Wo sind die Geschenke?«

»Die bringt der Weihnachtsmann.«

»Wann kommt der Weihnachtsmann?«

»Gleich. Hört auf herumzuzappeln! Geduld, Kinder.«

»Ich will jetzt aber die Geschenke haben.«

»Ungeduldige Kinder bekommen keine Geschenke.«

Die kleinen Stimmen verstummten. Dann der Vorschlag der Mutter: »Wenn wir ein paar Weihnachtslieder singen, weiß der Weihnachtsmann, daß hier noch Kinder sind, die auf die Bescherung warten. Er hört dann, welches Haus er besuchen muß!« Sie stimmte ein Lied an, und folgsam fielen die beiden Kinder ein.

»Es wird Zeit.« Der Krebsmann zwängte sich in das Weihnachtsmannkostüm und zog sich die Kapuze über den Kopf. »Wie sehe ich aus?«

»Damit kommst du nicht durch. Das klappt nie.«

»Was weißt du schon!« Er drapierte den Bart in seinem Gesicht. Widerstrebend mußte der Mann sich eingestehen, daß die Täuschung perfekt war.

Der Gesang im Nachbarzimmer hatte aufgehört. »Wo ist Papa denn?« fragte eins der Kinder.

»Pst! Der muß noch was vorbereiten. Gleich kommt die Überraschung. Wartet's nur ab.«

»Es ist soweit.« Der Krebsmann legte die Waffe auf den Schreibtisch und schaute den Mann vielsagend an. In der Verkleidung wirkte er beinahe freundlich. Er nickte noch einmal, dann schulterte er den bereitstehenden Sack mit den Geschenken. Die Tür zum Arbeitszimmer fiel zu, der Mann war allein.

Ein Tappen im Flur, schwere Schritte näherten sich dem Wohnzimmer, diesmal nahm der Weihnachtsmann nicht den

Umweg durch den Kamin. Ein Wummern an der Tür. Der Weihnachtsmann trat ein.

»Ich bin der Weihnachtsmann!« rief er. Seine Stimme klang, als käme sie aus einem leeren Faß. »Seid ihr Kinder auch schön brav gewesen?«

Im Arbeitszimmer starrte der Mann, der nun nicht länger ihr Vater war, wie betäubt vor sich hin, während das weihnachtliche Treiben im Wohnzimmer seinen Lauf nahm. Auf den Mann wartete eine eigene Bescherung. Er würde sie sich selbst bereiten – aber nicht hier. Er erhob sich schwerfällig und verließ das Haus, die Tür sachte hinter sich schließend. Auf der Straße drehte er sich noch einmal um. Durch das Panoramafenster im Erdgeschoß sah er den Weihnachtsmann im festlich geschmückten Zimmer stehen, wie er mit theatralischen Gesten aus einem dicken Buch rezitierte, während die Frau und die Kinder mit glänzenden Augen an seinen Lippen hingen. Der Mann horchte nach innen, doch da war kein Widerhall. Langsam wandte er sich ab, die Hand in der Manteltasche, wo er den kalten Stahl der Automatik spürte.

Der Schnee fiel jetzt heftiger, während der Mann die Straße hinunterwanderte. Ein Schleier aus dicken, pelzigen Flocken legte sich über die Gestalt und wischte sie aus.

Rechnung mit einer Unbekannten

Die Nadel des Tonabnehmers erreichte das Ende der Schallplatte und strich knisternd über die Leerrille. Die Raumfahrerin erhob sich aus dem gepolsterten Ledersessel und trat ans Grammophon.

»Was haben wir da gerade gehört?« fragte der Raumfahrer. Seine Stimme, die vom anderen Ende des Raums herüberdrang, klang müde. Die Raumfahrerin hielt die Schellackplatte zwischen Fingerspitzen an ihrem Rand, pustete ein Staubkorn fort und legte sie mit der ungespielten Seite nach oben auf dem Plattenteller ab.

»Bachs erstes Brandenburgisches Konzert«, erwiderte sie, bevor sie die Nadel behutsam aufsetzte.

»Bach?« kam das schwache Echo. »Ist das einer der Komponisten aus dem Vieleweltenraum? Ich habe diesen Namen noch nie gehört!« Statt einer Antwort erklang das Solo einer Violine, in das eine Oboe einstimmte.

»Sie wissen doch, daß es am Hofe nicht gerne gesehen wird, wenn man Artefakte aus den Alternativlinien an sich nimmt«, sagte der Mann mit mildem Tadel, als die Frau sich wieder neben ihm in ihrem Sessel niederließ. Sie kommentierte den Vorwurf nur mit einem stillen Lächeln, ihre Gedanken schon wieder woanders, erneut in die Musik vertieft.

»Alles ist Mathematik«, erklärte sie. »Jeder Ton, jeder Halbton eine bestimmte Frequenz, jeder Akkord ein harmonisches Zusammenspiel, jedes Intervall im wohldefinierten, messbaren Abstand. Und das menschliche Ohr ist in der Lage, diese Mathematik zu erlauschen, sie zu beurteilen, sie als zutreffend oder abweichend zu bewerten.« Sie wandte sich dem Raumfahrer zu. »Aber woher kommt das?« fragte sie. »Diese Mathematik wurde seit frühester Entwicklung der Menschheit in unser Erbgut eingeschrieben. Wie die Harmonie der Himmelssphären, denen wir von Anbeginn ausgesetzt waren. Das große Uhrwerk der Sonnensystems mit seinen periodischen Abläufen, seinen Rhythmen, seiner Taktung, nach denen der Mensch sein Leben ausrichtete und das ihm buchstäblich in Fleisch und Blut überging!«

Sie riß die Augen auf, schaute ihn mit kreisrundem Blick an. Woran erinnerte ihn das? An Mandalas, wenn er eine Offenbarung in ihnen entdeckte, oder an das zeigerlose Zifferblatt einer Uhr, wenn ihr Ausdruck ihm nichts mitteilte. Ihre Gedanken erstaunten den Raumfahrer, hatten sie doch offenbar nichts mit ihrer mißlichen Lage zu tun, dennoch tat sie so, als läge in ihren Überlegungen die Lösung des Problems.

Aber nach der Havarie der *Archimedes,* dachte der Mann resignierend, gab es neben der Schiffsroutine nicht mehr viel zu tun, also konnten sie es sich leisten, in der Messe zu sitzen, den Werken eines Komponisten zu lauschen, dessen Namen er bereits vergessen hatte, und sich in Gedankenexperimenten zu ergehen.

Der Aufbruch ins All lag mittlerweile Wochen zurück. Am Abend zuvor war an Schlaf nicht zu denken gewesen. Der Raumfahrer hatte ruhelos zum Firmament aufgeblickt und zugeschaut, wie Orion über dem südlichen Horizont aufstieg. Das Sternbild über ihm war wie eine Momentaufnahme, ein vergänglicher Anblick, denn er hatte gewußt, daß sie das Firmament bald wie ein Kaleidoskop schütteln und die Sterne neu anordnen würden.

Das Sternbild füllte den gesamten Rahmen des Fensters aus, spannte sich wie das zum Trocknen aufgepflockte Fell eines erlegten Tieres. Hell und klar leuchteten die einzelnen Sterne; sogar das Schwert an Orions Gürtel war zu erkennen gewesen, als verwischter Strich wie die Spur einer Sternschnuppe, die mitten im Fall verharrte, und der Raumfahrer hatte seinen Wunsch geflüstert, der das Gelingen der Mission betraf. Der Wunsch war nicht in Erfüllung gegangen.

Dabei hatte die Reise so vielversprechend begonnen. Die kaiserliche Flotte, die sechs Schiffe zählte, war zum gemeinsamen Startpunkt im All gesegelt. Dort wollte man sich trennen, jedes Schiff war ausgesandt worden, auf einer eigenen Raum-Zeit-Achse nach dem Paradies zu suchen. Dann kam der Moment, da sich die anderen Schiffe scheinbar in bunten Sand verwandelten, der langsam im Nichts verrieselte, sich in Leere auflöste. Von Bord der Schwesterschiffe aus betrachtet, mußte der Aufbruch der *Archimedes* genauso ausgesehen haben. Das war der allererste von zahllosen Sprüngen durch den Vieleweltenraum gewesen.

Die Besatzungen an Bord hatten den Eindruck, ihr Schiff stünde still, während sich das Universum bewegte und in einem pulsierenden Rhythmus seine Gestalt veränderte. Und genauso war es auch. Die Koordinaten waren fest eingegeben, und die berechneten Sprünge sorgten dafür, daß sich nur der Bezugsrahmen änderte.

»Gib mir einen Punkt, und ich werde die Welt bewegen.« So zutreffend wie jetzt war der Satz von Archimedes nie zuvor gewesen. Ihm zu Ehren war das Schiff nach dem berühmten griechischen Physiker benannt worden, dem man den mächtigsten aller *Hebel* verdankte. Und wenn hier von »der Welt« die Rede war, dann meinte das einen Ausschnitt der Galaxie, der das Sonnensystem bis hinaus zur Oortschen Wolke umfaßte. Mit einem Knopfdruck falteten sie ihn zusammen, wuchteten ihn herum, um ihn erneut um die *Archimedes* auszubreiten.

Als der Mann an diesem Tag über den Gang zum Kommandostand ging, spürte er das Zittern des Heisenberg-Generators, der seit dem letzten Sprung im Leerlauf rotierte. Die

Archimedes war ein Dimensionenschiff und ihr Antrieb entsprechend gebaut: Er war kugelförmig und bestand aus elf Schalen, die umeinanderkreisten. Jede Sphäre repräsentierte eine der Dimensionen, aus denen das Universum bestand und entwickelte weit ausgreifende Kraftfelder. Die Felder überlagerten sich, rissen Öffnungen in Raum und Zeit, durch die das Schiff schlüpfte.

Jedes Schiff war mit zwei Personen besetzt, mehr brauchte es nicht, um die Aufgaben der Mission zu bewältigen. Im Falle des Raumfahrers war es eine Kollegin, die ihm während der Astronautenschulung zugeteilt worden war. Er kannte sie flüchtig, hatte sie beim Training im Pulk der anderen Kadetten gesehen oder im Hörsaal vier oder fünf Reihen vor sich bemerkt.

Der Dozent, der die Erstsemester in die Grundlagen ihres Fachs einführen sollte, hatte die angehenden Astronauten auf die Folter gespannt und ganz weit ausgeholt.

»Das Verlangen zu reisen, Grenzen zu überschreiten und neue Horizonte zu erschließen ist wie ein geheimer Code, der die Menschen antreibt, immer weiter zu gehen, fremde Kontinente zu betreten, die Lüfte zu erobern und endlich zu beginnen, auch den Weltraum in Besitz zu nehmen«, leitete er seine Vorlesung ein. »Doch was genau ist es für eine Botschaft, die uns in diesem Code mitgeteilt wird? Uns Menschen quält ein Hunger, aber wir wissen nicht, wonach wir wirklich suchen. Im tiefsten Innern haben wir Heimweh nach einem Planeten, von dem wir bis vor kurzem nicht einmal sagen konnten, ob er überhaupt existiert oder je existiert hat.«

Die Studenten wußten, wovon die Rede war. Eine archäologische Entdeckung hatte die Hofastronomen endlich auf die Spur gebracht. Es war eine Zeichnung auf altem Gestein gewesen, die die Planeten des damals bekannten Sonnensystems zeigte, aufgereiht wie die Perlen einer Kette, beginnend mit einem gelben Fleck, der Sonne, und gleich daneben ein grauer Punkt, Merkur, gefolgt von einem Kreis, der Venus darstellte. Der nächste, ein blauer Kreis, war unschwer als Heimatplanet Erde zu erkennen. Zwischen Mars, einem roten Punkt, und dem streifig marmorierten Jupiter aber hielt die Felsmalerei einen grünen Punkt bereit. Es war die Darstellung jenes Planeten, den die Astronomen später auf den Namen *Phaeton* tauften. Natürlich war *Phaeton* für das Altertum ebenfalls schon lange Geschichte. Immerhin wußten die Menschen, die ihre Kenntnis in Stein festgehalten hatten, noch von ihm, er lebte in den Legenden weiter, und das Wissen um die Ursprünge der Menschheit wurde von Generation zu Generation weitergegeben.

»Ich brauche Ihnen nichts von der Aufregung zu erzählen, die das Reich erfaßte, als diese Höhlenmalerei einen Beleg zu der Theorie von Titius und Bode lieferte, nach der es an der Stelle des Asteroidengürtels einmal einen Planeten gegeben haben mußte!« sagte der Dozent. »Wer kann Genaueres zu der Titius-Bode-Reihe sagen?« fragte er ins Auditorium. Als einzige meldete sich die junge Kadettin, von der der Raumfahrer noch nicht gewusst hatte, dass sie eines Tages mit ihm die *Archimedes* steuern würde.

»Johann Daniel Titius, seines Zeichens Physikprofessor im Dienste des polnischen Königs und sächsischen Kurfürsten, hat 1766 eine Formel entwickelt, die die Abstandsverhältnisse aller bekannten Planetenbahnen beschreibt«, führte sie jetzt mit fester Stimme aus. »Diese Formel, auch Titius-Bode-Reihe genannt, ist nur vollständig, wenn man zwischen Mars und Jupiter einen weiteren Planeten annimmt: den untergegangenen Planeten *Phaeton,* um den sich mittlerweile zahllose Anekdoten drehen.«

Der Dozent nickte und nahm den Faden auf. »Die Vorstellung, in diesem Planeten die Wiege der Menschheit zu finden, elektrisiert die Astronomen bis heute. Es heißt, die Ahnen der Menschheit hätten sich vor dem gigantischen Aufprall eines Asteroiden auf die Erde geflüchtet, bevor ihre Heimatwelt zerstört worden war. Was von dem grünen Planeten übrig geblieben ist, verteilt sich offenbar als Brocken in einer Bahn zwischen Mars und Jupiter.«

Den Schlüssel, die verlorene Welt aufzuspüren, lieferte die Vieleweltentheorie. Sie besagte, daß nach jedem Ursache-Wirkungs-Ereignis eine Verzweigung in der Zeitlinie eines Systems entstand. Irgendwo im Ozean der Wahrscheinlichkeiten und Möglichkeiten mußte sich das Universum in einem Zustand befinden, in dem der grüne Planet *nicht* in einer kosmischen Katastrophe untergegangen war. Der Dozent schloss mit einer Botschaft an die Kadetten der kaiserlichen Marine: »So wird also Ihre Mission lauten: Finden Sie die Wiege der Menschheit, den Garten Eden, das untergegangene Atlantis, das Avalon, das Eldorado, das Shangri-La – nennen Sie es, wie Sie wollen, nur finden Sie jene paradiesischen Ursprünge des Menschen, kehren Sie zu ihnen zurück! Zurück in die wahre Heimat, zu dem grünen Planeten, der Legende ist. Und dann bringen Sie uns Ihre Dokumente und Aufzeichnungen und weisen der Menschheit den Weg durch die Sternenwüste ins gelobte Land.«

Und das taten sie. Nachdem ihre Ausbildung an der Akademie beendet war, sprangen sie durch Raum und Zeit. Und sie hoben die Welt aus den Angeln. Nach jedem *Hebel* sahen sie eine veränderte Welt, manchmal mehr, manchmal weniger katastrophal gewandelt. In einigen von diesen Universen existierten sogar weder *Phaeton* noch der Startpunkt Erde. Entweder hatte es sie beide nie gegeben, oder sie waren zerstört worden, lange bevor sie sie mit ihrem Dimensionssprung erreichten. Doch sie gaben nicht auf, suchten unverdrossen weiter. Die Abfrage der Parameter war bald zur Routine geworden:

»Sonnenmasse?« – »Plus 1,05.«

»Anzahl der Planeten?« – »Fünf.«

»Abstände der Umlaufbahnen?« Weitere Zahlen folgten.

»Verhältnis der Abstände zueinander?« Und noch mehr Zahlen.

»Bahnexentrizitäten?« – »Abweichung 0,91 – 0,80 – 0,87 – 1,01 – 0,98 …«

»Besetzte Positionen der Titius-Bode-Reihe?« Ein Seufzer. Jede Überprüfung des Sonnensystems nach einem *Hebel* brachte ein neues Bild, oft mit bizarren Abweichungen. Mal war die Sonne ein Roter Riese, mal ein Weißer Zwerg. Mal hatte Saturn seine Ringe eingebüßt, mal hatte Jupiter nur eine Handvoll statt seiner nach Dutzenden zählenden Monde. Mars verfügte auf einmal über ein Magnetfeld, während es der Erde fehlte. Merkur zog auf einer breitgezogenen Ellipse um die Sonne, die ihn im Perihel so dicht wie keinen anderen Planeten an das Zentralgestirn heranführte, während er im Aphel sogar die Bahn Plutos kreuzte. So aufregend diese Abweichungen vom gewohnten Bild erscheinen mochten, sie interessierten die Besatzungen nicht.

»Übereinstimmung mit der Zielvorgabe?«

»99,95 Prozent.« Mochte dieser letzte Wert schwanken, er hatte immer denselben Makel: Niemals erreichte er die ersehnten 100 Prozent.

Das Augenmerk lag auf einem Punkt, dem Raum zwischen Mars und Jupiter, und die bange Frage lautete: War die vormals leere Bahn besetzt mit *Phaeton,* dem grünen Planeten? Doch war es das einzige, was beim prüfenden Blick nach draußen stets gleich blieb – die Enttäuschung angesichts des unveränderten Trümmerfelds, auf der Erde bekannt als der Asteroidengürtel.

Als der Mann an diesem Tag den Kommandostand erreichte, war der Raum leer. Alle Steuergeräte waren arretiert, die Apparate im Stand-by. An einem der Gehäuse klemmte Da Vincis Darstellung des Vitruvianischen Menschen, ein Lieblingsbild seiner Kollegin, das die Vermessung des Menschen zeigte.

Nur auf einem Monitor tat sich etwas. Dort war die stereographische Animation eines Hyperkubus – ein Polytop als

Schlegeldiagramm – zu sehen, die im Rhythmus der Rechenzyklen pulsierte. Nach jeder Kalkulation stülpte sich der Tesserakt nach innen und entfaltete sich auf der anderen Seite nach außen. Das war der Kern des Antriebs, er brachte sie in die Lage, den *Hebel* anzusetzen. Der Anblick wirkte wie ein abstraktes, geometrisches Ein- und Ausatmen. Unter dem Monitor, geschützt durch eine Glasscheibe, klappten mit Ziffern beschriftete Täfelchen herunter, die die Zyklen abzählten. Derzeit liefen die Berechnungen ins Leere, und das Schiff dümpelte mit rollenden Maschinen in der Sternenwüste über der Scheibe des Sonnensystems, auf der Stelle tretend wie ein Schwimmer, der sich ohne sich fortzubewegen über Wasser hält. Es fehlte in der Formel für den nächsten *Hebel* eine wesentliche Komponente. Delta-t-Strich konnten sie nicht mehr bestimmen.

Hilfe war indes nicht zu erwarten, schon gar nicht von der Erde, aber auch nicht von den anderen Schiffen der Flotte. Der Verband, der ausgeschwärmt war, hatte sich aufgelöst, die Schiffe waren versprengt worden, niemand wußte wohin. Ihre Schutzhüllen hatten sie nicht mehr vor den Verwerfungen im Raum-Zeit-Kontinuum bewahrt. Den Veränderungen, die sie im Raum um sich herum induzierten, waren schließlich auch sie selbst unterworfen worden, und so hatten sie sich selbst aus der Geschichte getilgt. Über ihr genaues Schicksal war an Bord der *Archimedes* nichts bekannt, der letzte Funkspruch war lange verstummt. Zuletzt war von einer Luftknappheit die Rede gewesen, weil die sauerstoffproduzierenden Bakterienkulturen stark dezimiert worden waren. Die Infektion, die die Kulturen dahinraffte, trat nach einem *Hebel* auf. Da sie sich mit den verfügbaren Mitteln nicht bekämpfen ließ, hoffte man, das Problem mit einem weiteren *Hebel* zu beseitigen. Es war ein Vabanquespiel, das sie verloren hatten. Nur an Bord der *Archimedes* waren anschließend alle Kulturen wieder intakt, allerdings hatte die Chronometereinheit irreparablen Schaden erlitten.

Noch konnte sich die *Archimedes* halten, doch drohte ihr dasselbe Schicksal. Sie schwebte über dem Sonnensystem: ein distanzierter Beobachter, lauernd und wartend, bis sich die richtige der Vielewelten offenbaren würde. Die Schiffsplanken knarrten leise mit der schaukelnden Bewegung in ihren Verzapfungen, das Licht fremder Sterne blinkte auf den messingfarbenen Verstrebungen der Außenwände, die Sonne ließ die Beschläge aufgleißen. Die *Archimedes* verharrte zitternd wie ein Perpendikel auf dem Weg zwischen vor und zurück, festgehalten in dem Augenblick des Nulldurchgangs zwischen »nicht mehr« und »noch nicht«. Es fehlte ein Wort, eine Information, um sie aus der zeitlosen Starre des Moments, der sich schier endlos dehnte, zu befreien.

Der Mann fand die Frau im Astrolabor. Sie stand vor der riesigen schwarzen Tafel, die mit in Kreide gebannten Formeln bedeckt war. Sie wischte einen Teil der Beschriftung fort, hielt inne, auf etwas lauschend, das nur sie hören konnte, und setzte dann die Berechnungen fort, unterbrach sie nur für einen kurzen Seitenblick, als der Mann in der Tür erschien. Er nickte zu den Formeln hin.

»Sie geben nicht auf, was?«

»Ich bin da einer Sache auf der Spur …« Sie trat einen Schritt zurück und musterte die Berechnungen.

Der Mann sah Flugbahnen, Modellhebel und Zeitmatrizen. Das war nicht seine Welt. Während sie die Pilotin war, war er der Bordingenieur, bestens vertraut mit den Schiffssystemen. Er bediente sie wie im Schlaf, kannte jeden einzelnen Algorithmus, als hätte er ihn selbst entworfen. Solange es keine Fehlfunktionen gab, war er ein Virtuose der Maschinen – die lebendige Verlängerung der Systeme, ihre Fortsetzung aus Fleisch und Blut. Fiel aber ein Gerät, ein Modul aus, war er so hilflos, als hätte man ihn seiner Prothesen beraubt.

Er schüttelte den Kopf. Zwar respektierte er die Bemühungen der Frau, sah aber keinen Weg, der zum Erfolg führen konnte. Jedes Atom, jeder Partikel, jedes Quant im Sonnensystem war wie eine Billardkugel, die – einmal unter einem bestimmten Vektor angestoßen – andere Kugeln bewegte, die ihrerseits den Lauf weiterer Kugeln beeinflußten und so fort. Jeder Zusammenstoß, jeder Impuls war eine Weggabelung, an der sich die gegenwärtige Welt in jedem Moment in neue Welten aufspaltete, in endlose Reihen von Alternativen, die ihrerseits weitere Myriaden von Varianten hervorbrachten, weiter und immer weiter durch die Zeit seit Entstehung des Sonnensystems. Unter ihnen jene zu finden, die die gewünschten Parameter besaßen, war eine Aufgabe, die menschliches Vorstellungsvermögen übertraf. Die Berechnungen mußten Kalkulatoren übernehmen, doch diese Rechenknechte waren nicht allmächtig, selbst sie waren auf eine korrekte Dateneingabe angewiesen. Wenn der Mensch, der sie bediente, nicht den richtigen Befehl eingab, war all ihre Rechenkunst vergebens. In dem wabernden Vieleweltennebel mußte die *Archimedes* zum abgezirkelten Zeitpunkt eintauchen, nach Ablauf eines festen Zyklus, der den Rhythmus ihrer *Hebel* bestimmte und von dem weder Anfang noch Ende bekannt waren. Seit der Chronometer seinen Dienst versagt hatte, war der unsichtbare Faden der Zeit zertrennt. Wann wäre der richtige Moment, den Zeitfaden wieder aufzunehmen und neue Kalkulationen anzuknüpfen?

»Pythagoras meinte, daß die Zahl das Wesen und die Natur der Dinge ist«, sprach die Frau in seine Gedanken hinein. »Das bedeutet, daß sich alle Erscheinungen der Welt, sei es der Lauf der Gestirne oder seien es die Harmonien in der Musik, durch Verhältnisse ganzer Zahlen ausdrücken lassen. Nehmen Sie nur das Klavier: Die Töne von schwingenden Saiten klingen erst harmonisch, wenn die Saitenlängen im Verhältnis ganzer Zahlen zueinander stehen. Man nennt es auch harmonische Teilung und leitet daraus das erste Gesetz der Musiktheorie ab.« Sie dachte kurz nach. »Das Besondere daran ist: Der Mensch ist in der Lage, diese Harmonie zu hören, wir haben also ein Sinnesorgan für dieses Gesetz. Und das ist erst der Anfang!«

»Aber ohne Kalkulator …«, widersprach der Mann.

»Seien Sie kreativ, lassen Sie sich etwas einfallen!« rief die Frau, die seine Ratlosigkeit bemerkte. »Sie haben keinen Taschenrechner? Nehmen Sie eine Schieblehre! Keine verfügbar? Greifen Sie zum Abakus! Keiner da? Benutzen Sie Ihre Finger! Die langen nicht für die erforderlichen Berechnungen? Greifen Sie auf sich selbst, auf das Urmenschliche zurück, lassen Sie sich von Intuition leiten!«

»Von Intuition? Im Ernst?«

»Na ja, ganz so einfach ist es nicht.« Die Frau wischte die Formeln von der Tafel, die nun so leer und schwarz vor ihnen lag wie das Weltall zwischen zwei *Hebeln*. »Wenn man auf sich allein gestellt ist, reicht Intuition auch nicht aus. Aber da steckt noch mehr in uns. Die menschliche DNA ist eine Rechenanweisung in der Nußschale. Gelingt es, sie zu knacken, liegen alle Lösungen vor einem.«

»Wie meinen Sie das?«

»Der Klang der Himmelssphären! Wer das absolute Gehör besitzt, kann ihre Frequenzen bestimmen. Und für den Faktor Zeit gibt es die circadiane Rhythmik, von der die Chronobiologie sagt, daß sie fest in uns verdrahtet ist. Es gibt molekulare Mechanismen, die einer circadianen Rhythmik von Zellen zugrunde liegen!«

Er zuckte die Schultern. »Wie auch immer. Was kann ich tun?«

Mit den Worten: »Denken Sie an Galileo Galilei, der sagte, das alles, was man messen kann, gemessen werden muss«, griff sie nach einem ungeordneten Stapel beschrifteter Papiere und reichte sie ihm. »Für das Schiffslogbuch!«

Seufzend nahm er die Schriftstücke entgegen, widerstrebend nickend. So ernst die Lage auch war, dem Protokoll mußte genüge getan werden. Wie stets am Ende einer Schicht setzte sich der Mann an die Schreibmaschine und verfaßte einen Bericht für den Archivar auf der Erde. Natürlich glichen sich die Meldungen der letzten Tage, aber er sah ein, daß es wichtig war, die Schiffsroutine aufrechtzuerhalten. Jede Beobachtung, und schien sie auch noch so unbedeutend, wurde niedergelegt. Nur seine wachsende Sorge über die vergeblichen Bemühungen der Frau verschwieg er. Nachdenklich heftete er die Tabellen ab, die sie ihm übergeben hatte: Meßwerte ihres Hormonhaushalts, die Wellenlinien ihres Biorhythmus, Diagramme und andere geheimnisvolle Darstellungen. Allmählich dämmerte ihm, wohin ihre Berechnungen führen mochten, und er gestattete sich einen Anflug von Hoffnung.

Hier draußen gab es weder Tag noch Nacht, und so schliefen sie, wenn sie müde waren; manchmal zwang sie auch die Vernunft, sich nach einer anstrengenden Schicht zur Ruhe zu begeben, wenn das Denken noch ruhelos war, der Körper aber nach Erholung verlangte.

Seine Schlaflosigkeit hatte der Mann von der Erde mit in den Weltraum gebracht. In der Ruhezeit, die sie in alter Gewohnheit als Nacht bezeichneten, stand er still vor der Koje der Frau und lauschte auf ihren und seinen Herzschlag wie auf das Ticken von Metronomen, die in unterschiedlichem Takt schlugen. Sein Herzschlag war langsamer – anfangs ein paar Takte lang nahezu synchron, fiel er bald zurück, wurde von dem ihren überholt, der davoneilte und die Distanz zu seinem Herz vergrößerte, sich wieder von hinten näherte und zu ihm aufschloß. Dann teilten sie wie zwei Läufer auf einer kurzen Strecke wieder ein paar gemeinsame Schritte – und wieder entschwand ihr pochendes Herz in der Ferne.

Ihm kam das dritte Keplersche Gesetz und die synodischen Perioden der Planeten in den Sinn: Venus, die als innerer Planet schneller um die Sonne kreiste als der Mars und ihn nach einer Weile wieder einholte.

Das Herz der Frau war wie ein Uhrwerk. So regelmäßig und exakt wie ihre gemessenen Atemzüge. Ein, aus – ein festgelegter Rhythmus, unveränderlich. Er staunte über ihren ruhigen, traumlosen Schlaf.

Er selbst erwachte wie gerädert am anderen Morgen in seiner Koje. Ihre innere Uhr hatte die Frau pünktlich zu Schichtbeginn geweckt und auf den Kommandostand gerufen. Die Stimmung an Bord hatte ihren Tiefpunkt erreicht. Fast kam es darüber zum Streit.

»Vielleicht sollten wir doch eine Nachricht an das Hauptquartier schicken«, schlug der Mann vor.

»Noch nicht! Es sind noch nicht alle Optionen ausgeschöpft.«

»Ich sage ja nicht, daß die Mission gescheitert ist. Aber vielleicht wäre es ratsam, umzukehren, die Schiffssysteme überholen zu lassen und es mit neuen Instruktionen noch einmal zu versuchen.«

»Die kaiserliche Astronautik ist mir inzwischen ziemlich egal!« versetzte die Frau scharf. Der Mann war konsterniert.

»Aber wir sind im Auftrag der Menschheit unterwegs!«

»Das hört sich großartig an! Dabei interessieren sich die Leute, die uns losgeschickt haben, gar nicht für uns, ihnen ist es doch egal, was aus uns wird.«

»Was soll das heißen?«

»Für sie sind wir nur Werkzeuge im Dienste ihres Egoismus, ihrer Gier zu überleben, ihrer Sehnsucht nach einem Paradies. Ihretwegen könnten wir bei dieser Suche genauso gut draufgehen, Hauptsache, wir erfüllen ihren Auftrag. Selbst wenn wir heil aus der Sache herauskommen, wird man sich nicht weiter um uns kümmern. Wen interessieren schon die Gefahren und Strapazen, denen wir uns aussetzen? Man wird es uns nicht danken.«

»Ich wußte nicht, daß Sie so denken.«

Die Frau sah ihn schweigend an. Wieder versuchte er in ihren Augen zu lesen, und wieder scheiterte er an dem Rätsel.

»Wahrscheinlich haben Sie recht.« Der Mann rieb sich über die Stirn. »Worauf, zum Teufel, haben wir uns da nur eingelassen?« Die Wiege der Menschheit … ein Ausdruck, über den er lachen sollte. Die Parole war hohl geworden, entleert wie ein Wort, das man zu oft hintereinander ausgesprochen hatte.

»Glauben Sie mir, auch diesen Garten Eden würde die Menschheit in Besitz nehmen und diesmal aus eigener Kraft zugrunde richten!«

»Vorausgesetzt, daß wir ihn überhaupt finden, selbst das steht in den Sternen«, murmelte der Mann. Alles war fragwürdig, alles war ungewiß geworden, die einstige Überzeugung und Selbstgewißheit, mit der die kaiserliche Flotte sich auf die Reise gemacht hatte, war nach Dutzenden von transdimensionalen Sprüngen auf der Strecke geblieben.

»Da ist das letzte Wort noch nicht gesprochen«, sagte die Frau.

Etwas später schloß der Mann den Eintrag des Tagesprotokolls mit einem Satz, der seinen Puls beschleunigte: »Morgen wird die *Archimedes* einen weiteren *Hebel* setzen, um dieses Universum zu verlassen. Die dazu notwendigen Berechnungen erfolgen ohne Hilfe des Chronometers.« Der Mann zog das Blatt aus der Maschine und legte es zu den anderen in die Logbuchmappe. Die Entscheidung hatte er der Frau überlassen, darauf vertrauend, daß sie wußte, was sie tat.

Auf der folgenden Schicht war es soweit. Mit einem Satz vorgestanzter Lochkarten kam die Frau auf den Kommandostand. Endlich lösten sie einen neuen *Hebel* aus. Das All um sie herum ging in Quantengestöber wie in einem Schneesturm unter, um am Ziel des Sprungs wieder aufzutauchen. Dramatisch verändert, sicherlich, aber auch zum Guten? Die Schiffssysteme jedenfalls waren noch intakt.

»Kommen Sie mit zum Astroskop«, bat ihn die Frau. Sie zeigte ihm, was sie entdeckt hatte: eine grüne Murmel, sanft schimmernd wie ein Smaragd vor der Schwärze des Alls, wie von innen erleuchtet.

»Es gibt auch einen Trabanten«, erläuterte die Frau. »Mit einer interessanten Eigenschaft. Unsere Wissenschaftler haben nie erklären können, warum auf der Erde der weibliche Zyklus nicht exakt mit den Mondphasen übereinstimmt. Nun, hier ist die Übereinstimmung nahezu vollkommen. Der Körper hat sich über die Äonen hinweg an die ursprüngliche Mondphase erinnert.« Sie lächelte. »Beeindruckend, nicht wahr?«

Sie brachten die *Archimedes* in einem dampfenden Dschungel auf den Boden. Als sie landeten, hatte es gerade aufgehört zu regnen. Die letzten Wolken eilten weiter, und ihre Schatten glitten über die Lichtung. Es war, als würde ein Vorhang beiseite gezogen, um den Neuankömmlingen die wilde, urwüchsige Natur wie auf einer Bühne zu präsentieren. Regentropfen funkelten diamantengleich auf tiefgrünem Blattwerk, und der Dschungel sah aus wie gemalt. Unter ihren Augen trieben Knospen hervor und öffneten sich zu Blüten in allen Farben. Vogelrufe tönten aus dem dichten Urwald, und ein vielstimmiger Chor unbestimmbarer Tiergattungen mischte sich ein.

»Wir haben es gefunden!« staunte der Mann.

»Und wir hatten es die ganze Zeit in uns«, ergänzte die Frau.

Als Forscherpaar hatten sie sich auf den Weg gemacht, aber jetzt, als sie inmitten der paradiesisch anmutenden Umgebung standen, wußten sie, daß sie am Ziel als *die ersten Menschen* angekommen waren. Sie waren sich einig darin, daß sie bleiben würden. Ohne ein Wort darüber zu verlieren, hatten sie im stillen Einvernehmen beschlossen, keine Nachricht nach Hause zu schicken. Das Hauptquartier auf der Erde brauchte von der Entdeckung des grünen Planeten nichts zu erfahren, denn dieses Paradies gehörte ihnen ganz allein.

Das lichtlose Meer zwischen den Sternen hatte sich zu ihren Füßen geteilt, und sie waren ins gelobte Land gelangt. Auf ihr Geheiß hin hatten sich die dunklen Wogen hinter ihnen geschlossen, und der Weg für die Heerscharen der irdischen Pharaonen blieb unter den schwarzen Massen verborgen.

»Alles ist Zahl«, hörte der Mann Pythagoras' Stimme raunen. Über ihnen orchestrierten die Himmelssphären diese Erkenntnis, und hier unten ordneten sich Blattstände in einer Weise an, die der Fibonacci-Folge entsprach. In ihrer menschlichen DNA, in der DNA eines jeden Lebewesens tickten allerwinzigste Chronometer, die die Zeitspanne für Wachstum und Werden abmaßen, die Zeitpunkte bestimmten und in allem dem Zeitplan des Universums folgten. Die klare Schönheit der Mathematik, die im Zusammenspiel der Elemente aufleuchtete, das eine eigene Musik war, ferner und gewaltiger zugleich, als ein Komponist sie je erdenken konnte. Die alten Griechen hatten sie Sphärenharmonie genannt. Eine Musik, die nur der zu hören imstande war, der das richtige Lauschen gelernt hat. Er spürte in seinem tiefsten Inneren altvertraute, dann wieder vergessene Klänge, als hätte der grüne Planet auch seinen Körper wie einen Resonanzboden zum Schwingen gebracht.

Und hier waren sie, zurückgekehrt an ihren Ursprung, zwei menschliche Verkörperungen des Universums, zu Bewußtsein erwacht, damit das Universum über sich selbst nachdenken konnte. Nachdenken und zählen und messen und rechnen, bis es keine Unbekannten mehr geben würde.

Ein begründeter Verdacht

Mindermann starrte mit leerem Blick vor sich hin, bevor er das Diktiergerät anschaltete und zu sprechen begann: »Sie sind unter uns! Einen habe ich vorige Woche entdeckt. Es besteht kein Zweifel.«

Selbst hier, in der Sicherheit der eigenen vier Wände, hatte Mindermann die Stimme konspirativ gesenkt, das Diktiergerät hielt er sich dicht vor den Mund und sprach hinein, als wäre es ein Mikrofon an seinem Kragen und er ein geheimer Beschatter. Er räusperte sich und fuhr fort: »Er verfolgt mich. Vielleicht fürchtet er, daß ich ihn enttarne, und will mir ans Leben. Falls mir etwas zustößt, dies ist für die Nachwelt, als Warnung.«

Er schaltete das Gerät aus, verstaute es in der Schublade seines Schreibtisches und schloß sie sorgfältig ab. Den Schlüssel, der an einer Schnur um seinen Hals hing, steckte er sich unters Hemd.

Erst gestern war ihm der andere wieder in der U-Bahn begegnet, wie jeden Morgen auf dem Weg zur Arbeit. Er war wie Mindermann ein Fahrgast, einer von denen, die der Berufsverkehr unbeabsichtigt zu Begleitern gemacht hatte, ein vertrautes Gesicht, ein alter Bekannter. »Für einen Roboter ist dies die perfekte Tarnung«, hatte Mindermann seinem Diktiergerät anvertraut. »Unterzutauchen im Strom der Berufstätigen, unauffällig mitzuschwimmen. Es erregt keinen Verdacht, wenn man anderen immer und immer wieder über den Weg läuft, bis sie einen gar nicht mehr wahrnehmen. Sie werden zum Hintergrundrauschen, das man erst bemerkt, wenn es aufhört.« So einer war er. Aber in Wirklichkeit folgte er ihm wie ein Schatten, es war längst kein Zufall mehr, wenn sie sich begegneten.

Identifiziert als Roboter oder Androiden oder wie immer man ihn nennen mochte, hatte Mindermann ihn anhand von Kleinigkeiten. Als Erstes war ihm die mechanische Eleganz aufgefallen, mit der er sich bewegte, die abgezirkelten Bewegungen, das Gehen wie auf Schienen, die Effizienz der Gesten, ihre Sparsamkeit und ihr kalkulierter Einsatz – hier gab es keinen Deut zu viel oder zu wenig. Da war die Präzision, mit der er sich durch die Menschenmenge bewegte, ohne je mit jemandem zusammenzustoßen, während Mindermann dauernd angerempelt wurde, wenn er nicht aufpaßte. Die Sicherheit, mit der er auf dem Bahnsteig ein Papierknäuel in den drei Meter entfernt stehenden Abfallkübel beförderte, bevor er sich auf der Plastikschale des Sitzes niederließ. Dort harrte er aus, bis die Bahn einfuhr, gerade aufgerichtet und starr. Sein Körpereinsatz war durch und durch ökonomisch, es gab kein gedankenverlorenes Kopfkratzen, kein müßiges Umherschauen, kein ruheloses Auf- und Abwandern, mit dem sich andere Wartende die Zeit vertreiben mochten. Er hatte die Geduld einer Maschine, die bis zum nächsten Einsatz auf Stand-by schaltete.

Wenn er aber unterwegs war, verblüffte er Mindermann durch seine Reaktionsschnelle. Als einmal hinter ihm auf der Rolltreppe eine ältere Dame ins Straucheln geriet, drehte er sich blitzschnell um und verhinderte den Sturz mit einem beherzten Griff unter ihren Arm. Die verdutzte Alte schwebte einen Moment mit baumelnden Füßen über der Stahlstufe, bevor der Kerl sie behutsam absetzte. Hatte er auch hinten Augen? Mindermann korrigierte sich: Es mußte sich selbstverständlich um optische Sensoren handeln. Außerdem offenbarte der Zwischenfall eine beunruhigende Körperkraft.

Als stärksten Beweis wertete Mindermann die Beobachtung, daß der Kerl »mit anderen seiner Art« kommunizierte.

Automatische Schiebetüren öffneten sich für den Roboter, lange bevor er in ihre Nähe kam, einfach auf ein geheimes Signal hin, das er aussandte.

Und einmal hatte Mindermann neben einem Fahrkartenautomaten herumgelungert, als wartete er darauf, nach dem Roboter an die Reihe zu kommen. Er mußte schon haarscharf hinschauen, um überhaupt mitzukriegen, was da passierte – jedem anderen, da war Mindermann sicher, wären die verräterischen Aktionen entgangen. Der Roboter stand unbeweglich vor dem Automaten und starrte auf das Display. Ohne daß er einen Finger rührte, leuchteten die verschiedenen Optionen auf, als er mittels drahtloser Verständigung durch die Menüs navigierte. Er fand die richtige Preiskategorie und hob die Hand zum Geldeinwurf oder dem Schlitz für die Kreditkarte, wo sie für den Bruchteil einer Sekunde verharrte. Mindermann blinzelte. Die Hand sank herab. Der Roboter hatte weder Münzen noch Karte benutzt, im Inneren seines Blechkumpels hatte es lediglich bestätigend geklickt, und eine Fahrkarte wurde gedruckt und landete im Auswurfschacht.

»Bargeldloser Transfer mittels RFID«, notierte Mindermann. Gegen seinen Willen war er beeindruckt. Der andere wandte sich zum Gehen, und fast hätte Mindermann sich verraten. Ihm wurde erst bewußt, daß er den Roboter anstarrte, als ihn unsichtbare Augen hinter einer schwarzen Brille mit Röntgenblick taxierten. Informationen wurden lautlos verarbeitet, Verhalten analysiert, Statistiken geprüft, Wahrscheinlichkeiten gegeneinander abgewägt. Hastig senkte Mindermann den Kopf und machte sich an dem Fahrkartenautomaten zu schaffen. Als er vorsichtig zur Seite blickte, war der Roboter verschwunden.

Als hätte all das nicht gereicht, Mindermann von der nichtmenschlichen Natur des Kerls zu überzeugen, gab es eine Beobachtung, die letzte Zweifel beseitigte: das Surren von Elektromotoren allerwinzigster Bauart, die in seinen Gelenken verborgen waren, die Pumpen antrieben und seine Hydraulikmuskeln spannten und zusammenzogen. Man hörte es nur, wenn man dem Kerl extrem nahekam, etwa im Gedränge einer überfüllten U-Bahn, wenn die Fahrgäste, mit einer Hand in der Halteschlaufe, wie dicht gepackte Schaufensterpuppen ruckelten und aneinanderstießen. Der Ursprung des Geräusches ließ sich nicht genau lokalisieren, es schien richtungslos umherzuschwirren wie Mückensirren, aber nachdem es Mindermann einmal aufgefallen war, war es nicht mehr zu überhören.

»Das haben sie noch nicht hinbekommen, das ist eine Kleinigkeit, die noch fehlt, bevor die Täuschung perfekt ist«, informierte er sein Diktiergerät. Dieses Surren. Die Bahn hielt, und der Roboter stieg aus. Surr, surr. Mindermann folgte ihm. Surr, surr. Der Roboter stieg eine Treppe hoch. Surr, surr, surr. Oben angekommen verschwand der Roboter hinter einer Biegung des Ganges. Das Surren verklang. Mindermann ließ ihn ziehen, er mußte woanders hin. »Selbst wenn der Kerl nicht zu sehen ist«, ergänzte Mindermann, »habe ich dieses Geräusch ständig im Ohr.« In solchem Falle versteckte sich der Roboter bestimmt hinter einer Hecke oder verbarg sich hinter einer Tür oder entzog sich hinter einem Grüppchen arglos plaudernder Passanten seinem Blick.

Auch das lautlose Klicken seiner Schaltkreise hatte er Mindermann in den Kopf gepflanzt. Er dachte über Mindermann nach, bewertete sein Verhalten, berechnete seine Schritte. Ob er ihm schon auf die Schliche gekommen war? Ob er wußte, was Mindermann bereits wußte? Die Kamera im Schädel des Roboters machte Fotos von ihm, dokumentierte seine Unsicherheit. Der Schweiß brach Mindermann aus, und auf einem Wärmebild war die rot glühende Aura seiner Angst zu erkennen.

Richtig schlimm wurde es, als Mindermann ihn das erste Mal außerhalb der U-Bahn traf, in einem Café. Seit diesem Tag wußte er sicher, daß er verfolgt wurde. Der Roboter saß am Nebentisch, wieder mit der auffälligen Sonnenbrille, obwohl es ein bedeckter Tag war. Und natürlich nahm er nichts zu sich, kein Getränk, nichts zu essen, sondern begnügte sich damit, in der Zeitung zu blättern, und ließ den bestellten Kaffee in der Tasse neben seinem Ellbogen erkalten. Die Zigarette, die unangetastet im Aschenbecher verglühte, diente sicher auch nur der Tarnung. Die Lektüre der Zeitung war ein mechanisches Unterfangen, bei dem der Roboter die Seite gründlich, aber hastig überflog, abrupt umblätterte und sich die nächste Seite vornahm, die er gleichfalls scannte. Er tat so, als bemerkte er Mindermann nicht. Daß der Roboter bereits hier seine Spur aufgenommen hatte, versetzte Mindermann in Panik. Irgendwann stand der Kerl auf, zahlte und entschwand.

Mindermann sah ihn in der folgenden Nacht wieder. Der Roboter wartete in einem Hauseingang gegenüber, die Augen unsichtbar hinter der Sonnenbrille. Entsetzt zog sich Mindermann vom Fenster zurück. Als er erneut hinausspähte, war der andere verschwunden.

Da reifte in ihm der Entschluß, den Roboter auszuschalten. »Ich habe es mit einem übermächtigen Gegner zu tun«, wisperte er ins Diktiergerät. »Ein Baseballschläger wird nicht ausreichen, ich brauche eine Waffe mit Durchschlagskraft. Wahrscheinlich habe ich nur einen Versuch, da darf ich kein Risiko eingehen.«

Sich eine Pistole zu besorgen, erwies sich als nicht halb so schwierig, wie Mindermann befürchtet hatte. Irgendjemand kannte immer jemanden, der jemanden kannte, der wußte, wohin man sich mit einem speziellen Wunsch zu wenden hatte. Es war wie im Film. Er trat als rückhaltloser Spieler auf, der auch hohe Einsätze nicht scheute, und verschaffte sich so Zugang zu einer nächtlichen Pokerrunde, erwarb das Vertrauen der schweren Jungs und ließ sich mit seinem Anliegen weiterreichen, bis er auf einem düsteren Hinterhof das Gewünschte erhielt.

Morgens liefen sie sich wie immer über den Weg, aber den Roboter im Gewühl des Berufsverkehrs anzugreifen, erschien

Mindermann als zu gewagt. So wartete er in den Nächten darauf, daß der Roboter sich wieder vor seinem Haus postierte, doch nichts geschah, die Straße blieb leer. Als Mindermann schon aufgeben und einen neuen Plan aushecken wollte, erschien der Roboter. Von da an war es einfach. Mit weichen Knien stieg Mindermann die Treppen hinunter und schlüpfte zur Haustür hinaus. Der Roboter wartete auf der anderen Straßenseite. Mindermann hastete weiter, er wagte nicht, sich umzuschauen. Als er nach einigen Straßen endlich einen Blick zurückwarf, stellte er fest, daß er nicht verfolgt wurde. Enttäuscht machte er kehrt - und entdeckte die Gestalt des anderen als Schattenriß vor dem Lichtkegel einer Straßenlaterne.

Mindermann zerrte die Pistole aus der Jackentasche und richtete sie mit zitternden Händen auf den Roboter. Langsam, mit ausgestreckten Armen, schritt er auf den anderen zu. Der hob eine schwarz behandschuhte Hand und sagte etwas Unverständliches, das im Gebell der Automatik unterging. Die Waffe tanzte in Mindermanns Hand, als er einen Schuß nach dem anderen abfeuerte. Mindermann hatte ihn in den Bauch getroffen. Der Kerl stolperte zwei, drei Schritte zurück, dann sackte er zusammen, wie in Zeitlupe und merkwürdig verdreht. Er hatte plötzlich nichts Roboterhaftes mehr an sich. Er rollte, eine Hand noch immer abwehrend erhoben, auf den Asphalt und blieb zusammengekrümmt liegen. Mindermann widerstand dem Impuls, sofort davonzulaufen und sich zu verkriechen. Er mußte sichergehen, daß er den anderen wirklich erledigt hatte. Kein Risiko! Nicht auszudenken, wenn der Roboter sich selbst reparierte und sich an seinem Angreifer rächte. Er zwang sich, die Distanz zu dem Angeschossenen zu überwinden. Dann stand er schwer keuchend über ihm und stieß ihn mit dem Fuß an.

Es dauerte ein paar Sekunden, bis er die Information verarbeitet hatte, die ihm die Berührung mitteilte. Weiches Fleisch, nachgiebige Gliedmaßen. Schweißgeruch, der jetzt allmählich verflachte. Und da war noch etwas. Mindermann starrte es an und konnte es nicht fassen. Der Mantel des Mannes war voller Blut.

Mindermann war außer sich. »Was habe ich getan!«, kreischte er wie von Sinnen und sprang zurück. »Er war ein Mensch! Ich habe ihn umgebracht. Ich dachte …« Schluchzend brach er zusammen. All das Blut. So viel Blut! Menschliches Blut, kostbarer Lebenssaft, von ihm sinnlos vergossen. Kein Roboter. Wie hatte er sich nur so irren können! Er kniete neben dem Toten und tastete hilflos über den kugelzerfetzten Bauch, versuchte, die hervorquellenden Gedärme zurück in den Leib zu drängen. Es stank fürchterlich. Über ihm flogen Fenster auf, Licht ergoß sich über die Fassaden, und Gesichter beugten sich nach draußen, schauten auf den Mörder und sein Opfer hinab. Eine Stimme schrie nach der Polizei, da war Mindermann schon auf den Beinen und rannte um sein Leben. Bald jagten ihn Blaulicht und Sirenen durch die Stadt. Auf einer Industriebrache stellten sie ihn.

»Das ist einer von ihnen!«, kreischte jemand. »Haltet ihn auf!«

Ein Polizist bahnte sich einen Weg durch die Menge. »Verdammt, und ich dachte, wir hätten sie alle erwischt.« Hinter ihm tauchten Sicherheitskräfte mit einem ausgebreiteten Stahlnetz auf.

Mindermann wich zurück. Der Mob kam näher. Und was war das? Hörte er da nicht wieder dieses verdammte Surren, das ihn schon die ganze Zeit verfolgt hatte? Schlagartig wurde ihm klar, was hier gespielt wurde. Die Unterwanderung war schon viel weiter fortgeschritten, als er sich hatte träumen lassen. Sie alle, die ihn jetzt umringten, gehörten dazu. Womöglich war er sogar einer der letzten Menschen. Der Gedanke, daß er ausgerechnet den Falschen erwischt hatte, trieb ihn zur Verzweiflung. Wahrscheinlich hatte der ihm nur helfen wollen, hätte sogar sein Freund sein können. Es gab keinen Ausweg mehr. Aber lebend würden sie ihn nicht kriegen.

»Nein, tun Sie das nicht!«

Mindermann hatte sich den Lauf der Waffe in den Mund geschoben. Die Menschenmenge erstarrte. Niemand tat mehr einen Schritt. Mindermann spannte den Abzug. Das Surren wollte nicht aufhören. Dann löste sich der Schuß, und in einer gewaltigen Fontäne ergossen sich Schrauben, Drähte, Transistoren und Mikrochips in die Nacht. Kabelstränge hingen wie erstarrte Blutfäden aus Mindermanns Blechschädel, als er aufs Pflaster schlug. Funken sprühten über die Steine, und erloschen. Es war vorbei.

Pfeiffkonzert

Unser Neffe sollte das erste Mal mit dem Symphonieorchester auftreten, und so warfen meine Frau und ich uns eines Abends in Schale, um dem Konzert beizuwohnen.

»Hatte er nicht irgendwann einen Hörsturz?«, fragte ich, während ich mir vor dem Spiegel die Krawatte band. »Wie konnte er da weiter Musik studieren?«

»Hat sich gut davon erholt«, meinte meine Frau, die gerade dabei war, den Sitz ihrer Frisur zu überprüfen. »Er deutete auch an, daß es gerade die Arbeit in dem Orchester war, die bei der Genesung geholfen hat.« Sie zog die Lippen zurück und fuhr sich mit der Zungenspitze über die Zähne.

Ich hätte unseren Neffen gerne nach den Besonderheiten der Musiktherapie befragt, plagte mich doch selbst ein hartnäckiges Ohrensausen, aber wir fanden keine Gelegenheit mehr, ihn noch vor der Aufführung zu sprechen. Es sollte nicht lange dauern, bis wir auch so herausfanden, was dahinter steckte. Es war – zugegeben – eine Überraschung, wenn nicht gar ein gelinder Schock.

Das erste, was mir auffiel, war, daß die Musiker keine Instrumente dabei hatten. Sie erschienen in kleinen Gruppen, allesamt mit leeren Händen, und nahmen ihre Plätze ein, unter ihnen auch unser Neffe. Die Besucher klatschten zögernd.

»Was ist das für ein Konzert?«, tuschelte ich meiner Frau zwischen dem dünnen Applaus zu. Statt einer Antwort zog sie das Programmheft zurate. Ihr Cocktailkleid raschelte wie eine teure Verpackung, als sie sich vorbeugte, um das Blatt zu studieren. Ich neigte den Kopf, um auch einen Blick zu erhaschen. Der Kragen meines Hemdes scheuerte am Hals, ich fühlte mich unwohl in dem Anzug, den ich nur alle Jubeljahre aus dem Schrank holte. Die Gelegenheiten waren Hochzeiten und Beerdigungen. Oder eben dieser Konzertbesuch, zu dem uns Familienbande genötigt hatten.

Meine Frau las mit gesenkter Stimme aus dem Heft vor: »Sinfonie in c-Moll von Rüdiger Pfeiff, op. 8.« Das sagte uns nichts. Und statt Licht ins Dunkel zu bringen, verwirrte uns die folgende Erklärung nur noch mehr: »Pfeiff arbeitete lange Jahre als Ohrenarzt, bevor er selbst ertaubte und mit der Komposition von Konzertstücken begann.« Das klang beunruhigend.

Vorne auf der Bühne entstand Bewegung.

Der Musiker, der an der Stelle Platz genommen hatte, wo für gewöhnlich die Oboe saß, hatte damit begonnen, seine Ohren rhythmisch zu bearbeiten, sie mit kleinen, kreisenden Gesten zu massieren. Die Geigen nahmen die Bewegung auf, woraufhin die Bläser in die Pantomime einstimmten.

Das Programmheft erläuterte, was da vor sich ging: »Vor der Aufführung reguliert jeder Musiker seinen Kreislauf, manipuliert den Blutdruck, um das Organ auf seinen Part einzustimmen.« Wir konnten es sehen! Manche Musiker kniffen während dieser Übung die Augen zusammen, andere stierten mit zusammengepreßten Lippen vor sich hin, auf etwas lauschend, das nur sie hören konnten. Die Fagottisten hyperventilierten, während unser Neffe, der Kontrabassist, die Luft anhielt, bis er rot anlief. Die Kiefer der Blechbläser mahlten, ihre Backenmuskeln traten wulstig hervor. Der Tubist stand vermutlich kurz vor einem Schlaganfall, seine Gesichtsfarbe jedenfalls ließ Schlimmes befürchten. Die Blässe der Dame an dem nicht vorhandenen Cello kündete von einer nahenden Ohnmacht – aber auch davon, daß sie den Kammerton getroffen haben mußte.

Als alles bereitet war, trat der Maestro auf die Bühne, machte eine knappe Verbeugung vor dem Publikum und wandte sich seinem Orchester zu. Er verschaffte sich, mit dem Taktstock am Pult klopfend, Gehör. Hüsteln und Füßescharren im Publikum verstummten. Der Dirigent hob das Stöckchen zum Auftakt.

Es begann mit einer Reihe von kaum wahrnehmbaren Tönen, bei denen allenfalls Hunde und Katzen die Ohren gespitzt hätten. Auch ich konnte sie nicht hören, vielmehr spürte ich sie. Als sachte Beunruhigung, als eine ungreifbare Verwirbelung der Luft, spürbar nur im Vibrieren zarten Körperknorpels. In meinen Ohren baute sich ein Druck auf, als säße ich in einem langsam aufsteigenden Linienjet. Die Spannung meines Trommelfells löste sich in einer Resonanz, und mein eigener Tinnitus erwachte. Er wurde augenblicklich ausgelöscht von einem pfeifenden Ton, der die Skala emporglitt. Wie eine elektronische Welle rollte er vom Orchester aus über die Zuschauer. Der Ton geriet in Schwingungen, fing an zu schweben. Es klang wie das Vibrieren eines Glases, über dessen Rand ein feuchter Finger kreist.

Das Publikum war wie versteinert, nach einer Schrecksekunde regte sich verwundertes Gemurmel, vereinzelte Buhrufe wurden laut. Zuhörer drehten sich um und versuchten die anderen mit einem Zischen zum Schweigen zu bringen, einige erhoben sich und verließen den Saal. Wir gehörten selbstverständlich zu denen, die ausharrten.

Das Orchester ließ sich nicht beirren, kämpfte sich tapfer weiter, energisch angetrieben von dem Dirigenten, der Schweißperlen von der Spitze seines Taktstocks über die Spieler schleuderte. Ein Quietschen und Kreischen wie von Dutzenden bremsender Autoreifen erhob sich, schwoll an, als würde es auf eine fürchterliche Kollision an einer großen Kreuzung zuschlittern. Der Zusammenstoß blieb aus. Stattdessen: Stille. Vom Grunde dieser Stille stiegen Sinustöne empor, die sich überlagerten, Schicht um Schicht, die unter dem Schalldruck miteinander verschmolzen, zum Amalgam einer Melodie wurden, gespielt wie von echten Instrumenten.

Ich hörte den Klang von Streichern und Bläsern, das Klimpern eines Klaviers, den perlenden Lauf von Harfentönen. Aus dem Pfeifen schälten sich Glockenklänge wie die bronzenen Stimmen von Engeln. Ein Säuseln strich durch den Gehörgang: die erste Geige. Eustachi-Röhren tönten, schmetterten, schallten wie Trompeten. Das Xylofon trippelte über Gehörknöchelchen die Tonleiter hinauf. Die Klarinette näselte, der Kontrabass räusperte sich, die Bratschen bekamen Schluckauf. Wie in einem Drehschwindel wirbelten die Töne umher.

Das Programmheft versorgte uns mit aufschlußreichen Einzelheiten: »Ihr *Diplakusis harmonica* erlaubt es der Flötistin, sich selbst in der zweiten Stimme zu begleiten, während dasselbe Phänomen beim Paukisten *biaurale Beats* erzeugt, die streng wie ein Metronom das Tempo halten.«

Ich schloß die Augen und ließ mich durch die Sinfonie tragen, träumte mich fort. Mein eigener Tinnitus meldete sich zurück, stach wie eine Nadel in mein Trommelfell. Dieser spitze Dauerton, der mich nun schon seit Jahren begleitete wie eine immerwährende Verstimmung, dieses Signal eines Metalldetektors, der nichts fand als Leere. Dieser verhaßte Ton, zeitlebens ausgestattet mit einem eigenen Willen und bisher unbeherrschbar, änderte auf einmal die Richtung, kehrte sich nach außen, antwortete auf die Laute des Orchesters. Ich gab meinen inneren Widerstand auf, lockerte mich und folgte dem Ton, als dieser sich in die Musik einmischte. Wie ein Vogel, der über eine hügelige Landschaft gleitet, schwebte das Pfeifen aus meinen Gehörgängen als Harmonie über den Klängen von Streichern und Bläsern.

Ich erkannte das Leitmotiv, eine durchtriebene kleine Melodie, die über einer Handvoll Noten auf und ab hüpfte und deren Ende sofort ihren Anfang suggerierte. Sie wiederholte sich wie von einer rasenden Drehorgel gespielt und wanderte, in kleinen Variationen, durch das Orchester, wurde von den einzelnen Instrumenten aufgegriffen und weitergereicht, bis der Kontrabassist, unser Neffe, sie entgegennahm. Ein vollendeter Ton strich über uns hinweg wie ein lang gezogener Seufzer. Ich bemerkte eine stille Träne, die meiner Frau über die Wange rollte. Ich beugte mich zur Seite, um ihr mein Ohr zu leihen, neigte mich so weit zu ihr, daß ihr Haar mein Gesicht streifte. Ich bin ganz Ohr, dachte ich. Ob sie mich hörte? Sie lauschte unbeweglich, den Blick auf das Orchester geheftet.

Die Sinfonie eilte weiter, verließ behende das Zentrum und löste sich wieder in heitere Dissonanzen auf. Der Pianist griff mit geschlossenen Augen selbstvergessen ins Leere, ganz an die Läufe hingegeben, die er für uns hörbar machte. Der Satz hatte die Diatonik hinter sich gelassen, wechselte ins Chromatische und diffundierte in eine atonale Kadenz. Wie vom Programmheft angekündigt, setzte »Rüdiger Pfeiffs berühmter As-Dur-Sextakkord, sehr schrill, in den höchsten Registern einer Piccoloflöte«, den Schlußpunkt hinter dieses grandiose Konzert.

Das Publikum verharrte in Ehrfurcht. Mir ging die abgegriffene Redewendung »wie vom Donner gerührt« durch den Sinn, aber hier paßte es. Dann kamen wir wieder zu Atem, und die Begeisterung brach sich Bahn in tosendem Applaus. Es riß uns von den Sitzen, stehend bekundete das Auditorium seine Verehrung. Dreimal verließen die Musiker die Bühne, dreimal wurden sie vom Klatschen wieder zurückgerufen.

Als wir gingen, bekamen wir noch mit, wie die Musiker ihre »Instrumente« reinigten: Sie stocherten mit Wattestäbchen in ihren Ohren, legten den Kopf auf die Seite und tätschelten ihren Schädel wie nach dem Besuch in einem Schwimmbad, manche hielten sich auch die Nase zu und blähten die Backen wie nach einer steilen Auffahrt ins Gebirge, um den Innendruck auszugleichen.

In der Garderobe überbrachten wir unserem Neffen unsere Glückwünsche.

»Ich kann mir vorstellen, daß ich, wenn ich mir das nächste Mal eine Muschel ans Ohr halte, eine geheime Sinfonie durch das Rauschen höre«, scherzte ich. Das entlockte ihm ein Lächeln.

»Rüdiger Pfeiff hat uns etwas Wichtiges mitzuteilen«, sagte er. »Es geht um ein Ungemach, das überwunden werden soll, und um eine Plage, von der uns die Medizin nicht befreien kann, sondern einzig und allein die Musik. Indem Pfeiff das Atonale in eine Melodie verwandelte, besiegte er sein eigenes Leiden.«

Das hörte sich recht pathetisch an, doch mein Neffe ließ keinen Einspruch gelten. »Selbst für mich klang es zuerst wie ein hirnrissiger Witz – eine *Tinnitussinfonie!* –, aber dahinter steckt eine raffinierte Kur. Mir jedenfalls hat sie geholfen.«

Dem konnte ich nichts mehr hinzufügen.

»Das war ein schöner Abend«, sagte meine Frau, während sie sich vor dem Schlafzimmerspiegel abschminkte. »Selbst ich, mit meinem einwandfreien Gehör, konnte ihn genießen.«

Vielleicht besser als wir alle, dachte ich. Ich hängte meinen Anzug in den Kleiderschrank. Als ich aus dem Bad zurückkehrte und unter die Decke schlüpfte, sagte ich: »Schon erstaunlich, wie man ein Gebrechen in Kunst verwandeln kann.«

»Hm.« Meine Frau löschte das Licht. »Laß uns schlafen.«

Doch ich war noch zu aufgekratzt.

»Das Thema ist ein richtiger Ohrwurm gewesen!«, begeisterte ich mich. Ich versuchte, mir die Melodie zu vergegenwärtigen.

»Trotzdem wäre es nett, wenn du jetzt aufhören würdest zu pfeifen«, erwiderte meine Frau. »Ich muß morgen früh raus.«

Ich tat ihr den Gefallen und steckte mir die Stöpsel in die Ohren. Augenblicklich versank die Welt der Geräusche um mich herum wie unter Wasser. Einen Gedanken aber mußte ich noch loswerden: »Meinst du nicht auch, daß ich versuchen sollte, meinen Tinnitus zum Beruf zu machen? Musiker werden, Stücke aufführen?«

»Vergiß es«, sagte meine Frau *sotto voce* und drehte sich auf die andere Seite. Ihre Stimme klang dumpf, als sie sagte: »Daraus wird nichts. Dein Pfeifen kenne ich, und glaub mir, du triffst einfach nicht den Ton. Du hast nichts als ein banales Ohrensausen.«

Ich dachte darüber nach. Wahrscheinlich hatte sie recht, für das Tinnitusorchester war ich ungeeignet.

»Gute Nacht«, sagte ich, aber da war sie schon eingeschlafen.

Die Zukunft ruft an

Und dann gibt mir die Stimme aus der Zukunft – deine Stimme – den entscheidenden Hinweis. Du tust es ohne zu wissen, welche Weichen du damit stellst, aber du tust es für mich, denn du erweist mir damit einen großen Gefallen, einen Gefallen, der meine Haut retten und mein Gewissen reinhalten wird.

Warum? schluchzt es aus dem Hörer, und aus deiner Stimme spricht grenzenlose Verzweiflung. *Warum bist du nicht mitgekommen? Du wußtest es, nicht wahr? Du hast es von Anfang an gewußt!*

»Nein, ich wußte es nicht, woher auch«, erwidere ich leise. »Ich konnte es nicht wissen, bevor du es mir gesagt hast.« Meine Lippen fühlen sich taub an. »Aber ich weiß es jetzt.« Bevor ich den Hörer zurücklege, sage ich noch: »Danke.«

Du stehst noch immer neben mir, derselbe – fast derselbe –, mit dem ich vor wenigen Augenblicken telefoniert habe, und schaust mich erwartungsvoll an, grinst unsicher, denn jetzt wäre es an der Zeit, daß ich dir sage, was gesprochen wurde. Aber ich kann es dir unmöglich preisgeben. Ich spüre, wie mir die Knie weich werden, und ich sinke auf einen Felsen.

»Mir ist schlecht«, sage ich. Das ist noch nicht einmal gelogen. »Ich komme nicht mit.«

Du verziehst spöttisch den Mund. »Stell dich nicht so an. Du mußt mitkommen, es geht gar nicht anders! Du weißt doch, die Regeln! Das Naturgesetz!«

»Eben drum.« Ich schüttele den Kopf. »Ich darf gar nicht mitkommen. Ich bin nämlich nicht da gewesen, als du …« Ich zögere und verbessere mich: »Ich werde nicht dabei sein, wenn du den Apparat benutzt.«

Du siehst mich fassungslos an. Eine schreckliche Ahnung überkommt dich. »Wie kann das sein?« schreist du außer dir. Du packst mich bei den Schultern und schüttelst mich. »Ist was passiert? Was ist passiert!«

»Woher soll ich das wissen?« Das ist eine Lüge, und ich versuche, das Zittern in meiner Stimme zu unterdrücken. »Keine Zeit für lange Diskussionen.«

Ich schaue hinüber zu dem Mädchen, das starr einige Schritte entfernt steht und unseren Streit beobachtet hat. »Ihr müßt euch beeilen, bald kommt das Signal. Du mußt an Ort und Stelle sein, um es zu beantworten.«

Ich befreie mich aus deinem Griff und dränge dich tiefer in das Innere der Höhle. Alles Blut ist aus deinem Gesicht gewichen, du bist kreidebleich. Ich sehe, wie es in dir arbeitet, wie du alles, was wir von den Wissenschaftlern und dem Sicherheitsdienst gehört haben, gegeneinander abwägst, und ich sehe, wie du zu einem Entschluß kommst, dem einzigen Entschluß, der möglich ist.

Du wischst dir die Tränen ab und drehst dich schicksalsergeben um. Mit gesenktem Kopf stolperst du los, das Mädchen an der Hand hinter dir herziehend, tiefer hinein in die Höhlen auf Causa Prime.

Als wir Tage zuvor durch die Steppe streiften, ahnte keiner von uns, was unsere Neugier anrichten würde. Seither habe ich mir viele Gedanken gemacht über Vorbestimmung und einen festgelegten Ablauf der Zeit. Aber, frage ich dich, darf man überhaupt von Schicksal sprechen, wenn man selbst es war, der den ersten Dominostein umstieß?

Seit einer halben Stunde schlich ich schweigend hinter dir her. Wir kannten uns von klein auf, waren Sandkastenfreunde, aber du, David, als der ältere von uns beiden, gabst den Ton an. Bis zu diesen Ereignissen.

Schweiß stand mir auf der Stirn, die Füße in den Sandalen schmerzten. Der orangene Himmel, von einem Doppelstern zum Kochen gebracht, neigte sich über Causa Prime, eine flammende Wand, die aussah, als könnte sie jeden Moment einstürzen. Die Landschaft war eintönig, viele Felsen, wenig Vegetation, nur dürre, fast blattlose Bäume, unter deren tiefhängenden Ästen wir uns immer wieder wegducken mußten. Wir waren begierig, unser Ziel zu erreichen, bis dahin gab es nicht viel zu reden. Unser Zuhause, die Ansiedlung – flache weiße Bauten in einer ockerfarbenen Wüste, deren zierratlose Zweckmäßigkeit offensichtlich war –, lag weit hinter uns.

Die Kolonisten, zu deren Familien wir gehörten, waren noch immer Fremde auf diesem Planeten, den eine unbekannte Spezies aufgegeben hatte, lange bevor wir Menschen aufgetaucht waren und ihm einen neuen Namen gaben.

Wir folgten zwischen lichtem Unterholz einem unsichtbaren Pfad, der sich nur einem geübten Auge durch flach gedrückte Halme oder abgeknickte Zweige verraten hätte, und bogen schließlich um einen vorspringenden Felsen, hinter dem sich unser Ziel verbarg. Den großen Ballen dornigen Gestrüpps schoben wir beiseite, um eine halb verschüttete Stahltür freizulegen. Die Tür, vor der sich das Geröll eines Erdrutsches aufhäufte, wurde von einem armdicken Ast spaltbreit aufgehalten. Als wir uns über die dunkle Öffnung beugten, wehte uns schon der vertraute Geruch von verbotenen Abenteuern entgegen. Es war eine undefinierbare Mischung aus alter Zeit, Sternenstaub, Rätsel und Verhängnis. Behende schoben wir unsere schlacksigen Gestalten ins Innere, rutschten über eine kleine Sanddüne nach unten und kamen in dem kühlen, lichtlosen Gang auf die Füße.

Es war eine glückliche Fügung gewesen, daß wir diesen unterirdischen Gang eines Tages auf unseren Streifzügen entdeckten, die uns in einer immer weiter um unsere Siedlung ausgreifenden Spirale hierher geführt hatten. Ebenerdig wäre das Gelände nämlich nicht zu betreten gewesen. Es wurde umschlossen von einer langgestreckten Reihe mannshoher Pylone, die unscheinbar wirkten, aber von denen es hieß, daß sie denjenigen, der so tollkühn wäre, zwischen sie hindurchzutreten, augenblicklich grillen würden. Wir schenkten der Geschichte keinen Glauben, trotzdem wagten wir nicht, unser Glück herauszufordern. Oft stritten wir uns darüber, ob die tödliche Grenze dazu gedient hatte, Gefangene festzuhalten oder Eindringlinge fernzuhalten, und da wir uns nie einig wurden, gab es Geschichten, die mal die eine, mal die andere Auslegung favorisierten.

Der Gang war eine lange Röhre mit kreisrundem Durchmesser, in der wir aufrecht stehen konnten, die gewölbte Wand fugenlos glatt. Die Lichtkegel unserer Lampen schälten Ausschnitte des vor uns liegenden Weges aus dem Dunkel.

Die zwei Sonnen standen bereits tief, ihr Licht blendete uns am anderen Ende des Tunnels. Es fiel durch die unregelmäßigen Öffnungen der Felswand, die sich über unseren Köpfen erhob. Von außen sah die in den Felsen geschlagene Architektur imposant aus – wie ein gigantischer Käse mit sauber ausgeschnittenen Löchern, in Größe und Form keines wie das andere –, und von innen gestattete sie uns einen Ausblick über die Landschaft des Planeten, der uns immer von neuem den Atem nahm. Die Strahlen des untergehenden Doppelsterns streiften kurz hintereinander die Kristallgipfel der Berge, und Tausende von Prismen streuten Spektralfarben über die weite Landschaft und malten sie bunt.

Der Wind pfiff durch die ungezählten Öffnungen, sang sein Lied. Eine fremde Melodie, sonderbar anmutig, in verstörenden Harmonien. Manchmal mischte sich so etwas wie Worte in einer unbekannten Sprache in die auf- und abschwellenden Töne, aber da spielten uns unsere Sinne wohl einen Streich. Ihnen zuzuhören verursachte eine Gänsehaut, und wir zweifelten nicht daran, daß man dem Wind nicht ewig sein Ohr schenken konnte, ohne verrückt zu werden.

Bald wandten wir uns den Räumen zu, die hinter dieser Fassade in den Berg, den man als Magnetberg kannte, geschlagen worden waren und die wir gewissenhaft erkunden wollten. Vor längerem schon hatten wir beschlossen, systematisch vorzugehen, und dank der zeitraubenden Sorgfalt waren wir in dem labyrinthischen Gewirr aus Gabelungen, Treppen, Etagen, Durchbrüchen und Querverbindungen noch nicht weit vorgedrungen. Es gab so viel zu entdecken, dabei war nicht einmal zu erkennen, welchem Zweck die einzelnen Räume jeweils gedient haben mochten. Jeder Raum, den wir erkundet hatten, war von uns markiert worden, und so kletterten wir durch die Fluchten vorbei an unseren alten Kreidezeichen.

Wenn die Buckel und Auswölbungen in den Räumen als eine Art Möbelstücke hatten dienen sollen, dann stellte uns ihre Ergonomie vor ein Rätsel, was den Körperbau ihrer einstigen Besitzer betraf. Wie mochte eine Figur beschaffen sein, die auf solchen Stühlen einen bequemen Sitz fand oder sich in den in die Wand eingelassenen Schlafkojen zur Ruhe betten konnte? Hier gab es nur Bodenwellen, Rundungen, kugelige Ausstülpungen, Kurven, aber keine rechten Winkel oder planen Flächen, keine Ecken und Kanten. Alles war abgerundet und glatt geschliffen wie ein Kiesel, der Jahrzehnte im Fluß gelegen hatte.

Und jeder Raum, den wir gesehen hatten, war leer. Schon vor Generationen waren diese Katakomben einer untergegangenen Zivilisation von Schrotthändlern, Kuriositätensammlern und Glücksrittern leergeräumt und von administrativen Stellen entkernt worden. Was von den Funden sichergestellt worden war, konnten wir auf dem alljährlichen Schulausflug in die Hauptstadt der Provinz besichtigen. Zweck und Höhepunkt war der Besuch des exoterrestrischen Museums der Kolonie.

Du hast auf diesen Schulausflügen immer so getan, als bemerktest du es nicht, aber es war offensichtlich, daß dich Sylvia, eine Klasse unter uns, aus der Ferne anhimmelte. Sie traute sich nicht, näher zu kommen und dich anzusprechen, aber sie blieb uns in immer gleichem Abstand auf den Fersen und ließ dich nicht aus den Augen, wenn unsere Gruppen in dem Museum von einer Halle in die andere strömten.

Wir schlenderten an den Vitrinen vorbei und bestaunten die Artefakte, die die Aliens, die Causa Prime vor uns besiedelten, hinterlassen hatten. Jeder Gegenstand hatte seine eigene fragmentarische Geschichte, und je größer das Rätsel war, das er aufgab, desto verstiegener waren die Spekulationen und desto wilder wucherten die Legenden. Wir Kinder überboten uns gegenseitig darin, die Lücken, die die Wissenschaft ließ, mit unseren phantastischen Erklärungen zu füllen.

Wir sahen Raumverzerrer und Singularitätswaffen, Dinge, die sich selbst unserem Vorstellungsvermögen entzogen. Dort, wo die unwahrscheinlichen Gerätschaften herstammten, schienen die Naturgesetze nicht zu gelten, jedenfalls nicht die aus unserer Galaxie bekannten. Im Höhlensystem gäbe es Räume, so versicherten wir einander, in denen die Schwerkraft aufgehoben wäre und die man wie in einem Aquarium schwimmend durchquerte, es gäbe Räume, in denen die Zeit langsamer verstriche und man sich wie in Zeitlupe bewegte oder wo die Zeit – umgekehrt – beschleunigt wäre und man sich einen Spaß daraus machen könnte, umherzuzappeln wie die Slapstickkomiker in den Schwarzweißfilmen von der Erde. Und schließlich gäbe es Räume, in denen alles, was man sagte, in eine fremde Sprache übersetzt würde. Man würde mitten in solch einem Raum stehen, ausgedachte Reden schwingen, und alles, was die eigenen Lippen verließe, wären die gutturalen Laute, das Glucksen und Kollern einer untergegangenen Spezies.

All das waren Geschichten, von denen wir inzwischen gar nicht mehr wußten, was an ihnen auf Tatsachen beruhte und was an ihnen von uns hinzugedichtet worden war. Keinen einzigen Beweis hatten wir auf unserer Suche bisher für sie gefunden.

Für den Magnetberg mit seinen Höhlen interessierte sich außer uns niemand mehr. Wir aber, beflügelt von einer zügellosen Phantasie, gaben die Hoffnung nicht auf, an diesem rätselhaften Ort doch noch *die* bahnbrechende Entdeckung zu machen. Bis wir eines Tages tatsächlich auf jenen Apparat stießen, ein vergessenes Artefakt in einem niedrigen, düsteren Gewölbe. Das Gerät stand auf einem runden Podest und war in einen matten Schimmer gehüllt wie in grün leuchtenden Nebel.

Zuerst erkannten wir nicht, was es darstellte, doch dann meintest du, es wäre so etwas wie ein Kommunikator, eine Art prähistorischer Fernsprecher. Das Ding sah aus, als hätte man es in eine Mikrowelle gesteckt und halb zerschmolzen wieder herausgeholt und erstarren lassen. Der schwere Hörer war kaum zu fassen, er drohte mir aus der schweißnassen Hand zu rutschen. Wie alles, was die Aliens bearbeitet hatten, war er unregelmäßig geformt, klumpig. Ich probierte die Tasten aus und lauschte in die Muschel.

»Was hörst du?« wolltest du wissen

»Nur das Rufzeichen am anderen Ende.«

Als nichts passierte, wurdest du ungeduldig. »Wie lange willst du's denn noch klingeln lassen?«

»Acht Mal, das ist meine Glückszahl«, meinte ich. Danach legte ich auf. Unser beider Enttäuschung war groß. Wir sahen uns um, aber in diesem Gewölbe war nichts mehr zu entdecken, das zeigte uns ein schneller Rundgang. Es gab hier nichts mehr für uns zu tun, und so waren wir schon auf dem Weg zum Ausgang, als wir das Klingeln hörten. Nicht von dem Apparat, den ich benutzt hatte, sondern von weit weg, tief im Inneren des Magnetberges. Der Laut drang durch das Geflecht aus Gängen und Röhren zu uns, von den Felswänden hin- und hergeworfen und von den eigenen Echos überlagert. Trotzdem war es nur ein Rinnsal von einem Ton, dem wir mit angehaltenem Atem lauschten. Er klang unwirklich, als suchte er sich einen Weg aus einer anderen Dimension in unsere Welt.

»Was ist das?« flüstertest du.

»Ein anderer Fernsprecher? Aber wo denn?« wisperte ich zurück.

»Und wer ruft an? Und warum ausgerechnet jetzt?«

»Ob das Zufall ist?«

Wir lauschten dem Signal. Unwillkürlich zählten wir mit. Es klingelte genau achtmal, danach lastende Stille. Daß es unser eigener Anruf gewesen war, den wir hörten, wußten wir da noch nicht. Erst am anderen Tag kamst du mit dieser Erklärung an, die du in den digitalen Archiven der Kolonie gefunden hattest.

»Tief in dem Höhlensystem soll es Zonen unterschiedlicher Zeiten geben«, erzähltest du. »Gegenwart und Vergangenheit und Zukunft grenzen dort quasi direkt aneinander, und du kannst einfach so von einer Zone in die andere spazieren.« Ich mußte zugeben, das verblüffte mich.

»Irre! Aber was hat das mit dem Fernsprecher zu tun?«

»Denk nach. Könnte es nicht sein, daß wir die Zukunft angerufen haben? Minuten später hat es am anderen Ende geklingelt. Das waren wir – zeitversetzt!«

Das klang jetzt ziemlich weit hergeholt, und das sagte ich dir auch.

»Aber wenn es stimmt, könnten wir mit uns selber sprechen. Wenn wir nach dem Anruf zu dem anderen Apparat gehen und abheben. Von der Vergangenheit in die Zukunft, und umgekehrt.«

Ich lachte dich aus, aber so schnell läßt du dich nun mal nicht von einer Idee abbringen.

»Ausprobieren schadet nicht«, meintest du, und was hätte ich dagegen haben sollen. Schlimmstenfalls würdest du dich lächerlich machen, sagte ich mir, und bestenfalls … na ja, das wäre dann mal wirklich eine Sensation!

Am anderen Tag, nach der Schule, trafen wir uns am Rande der Steppe. Der Weg zur Höhle erschien mir länger als sonst, Ungeduld trieb uns voran. Diesmal ließ ich dir den Vortritt. Wir steckten die Köpfe zusammen und warteten. Es klingelte sehr lange, bis jemand am anderen Ende abnahm. Um nichts zu verpassen, hatte ich mein Ohr dicht an den Hörer geschoben, den du fest umklammert hieltest. Dann hörten wir ein Klicken, ein nervöses Räuspern, eine vertraute Stimme.

Hallo, hallo, wer ist dort? Bitte melden, bitte melden.

Die folgenden Worte gingen unter in prustendem Lachen. Es klingt fremd, wenn man sich selber sprechen hört, zumal über eine Telefonleitung, aber das war ich, unverkennbar! Mein zukünftiges Ich – vielleicht eine halbe Stunde älter als ich hier in diesem Moment – mein Ich, das mit uns redete. Ich war so überwältigt, daß ich keinen Ton herausbrachte. Zum Glück hatte es dir nicht die Sprache verschlagen.

»Major Tom ruft Ground Control!« riefst du in den Hörer. Die Verblüffung brachte auch mein zukünftiges Ich auf der anderen Seite für Momente aus der Fassung.

David, bist du es wirklich? schnarrte die Stimme, die mir gehörte, aus der Muschel.

»Was denkst du denn, Rick! Kein Scherz.«

Ein Schnaufen in der Leitung. *Krass. Du stehst nämlich gerade neben mir.* Kurze Pause, Gemurmel im Hintergrund, dann: *Okay, Uhrenvergleich. Es ist jetzt 4:15 h.*

Du zogst deinerseits den Zeitmesser zu Rate. »Hier ist es erst 3:50 h.«

Dann macht euch mal auf den Weg, tönte es aus dem Hörer. *Man sieht sich!*

Damals mußte ich grinsen. Gib's zu, Humor hatte ich ja, obwohl mir heute längst nicht mehr nach lachen zumute ist. Am anderen Ende wurde aufgelegt.

Wir liefen aufs Geratewohl los, in die ungefähre Richtung aus der – wie wir uns zu erinnern glaubten – das erste Mal das Klingeln zu hören gewesen war. Aus den Gängen wehte uns von irgendwoher ein Wind entgegen, wisperte über die Felswände, strömte uns übers Gesicht. Wie Forellen, die flußaufwärts schwimmen, folgten wir intuitiv diesem Luftstrom hin zu seinem unbekannten Ursprung. Besonders stark wurde der Wind dort, wo die Höhlendecke sich so weit absenkte, daß wir uns nur kriechend fortbewegen konnten, und erneut glaubte ich einen murmelnden Gesang aus dem Säuseln herauszuhören, aber das schrieb ich wieder meiner Einbildung zu.

Als wir endlich durch eine Öffnung unter eine sich weitende Kuppel traten, ertönte das erste Klingelzeichen. Wir hatten abrupt haltgemacht, denn vor uns lag eine trichterförmige Senke. Rund um diesen Abgrund verlief entlang der steil aufragenden Wand ein schmaler Pfad. Diesem Pfad folgten wir, du voran, blind auf einen sicheren Tritt vertrauend. Steine lösten sich unter unseren Schritten, hüpften an den Wänden aufschlagend in die Tiefe und fielen schließlich mit vernehmlichem Platschen in stehendes Wasser.

Der Kommunikator meldete sich zum zweiten Mal, als der Boden an einer schmalen Stelle unter mir nachgab und ich ins Leere trat. Mit einem Schrei kippte ich durch die Luft nach vorne. Strauchelnd fand ich Halt an der gegenüberliegenden Abbruchkante. Meine Füße strampelten über dem Abgrund, während ich mich mit den Unterarmen auf den Pfad vor mir stützte. Du warst schon zur Stelle und zogst mich auf sicheren Boden. »Ich hab dich, Rick!«

Das Klingeln ertönte zum dritten Mal.

»Scheiße noch mal! Ich hätte tot sein können!«

Du aber bliebst gelassen. »Ist doch nichts passiert. Komm, weiter!«

Der Schreck war schnell überwunden. Ich rappelte mich hoch, und wir setzten unseren Weg fort. Wäre nicht das beharrlich wiederholte Signal gewesen, das der Kommunikator aussandte, hätte uns spätestens ein Glimmen, das schon von weitem zu sehen war, seinen Standort verraten. Das Licht fiel aus der perfekt gerundeten Halbkugel einer kleinen Grotte auf den glatten Boden. Wir eilten zu dem Apparat. Wie schon sein Pendant im unteren Teil der Höhle war er in einen grünlichen Schimmer gehüllt, der wie lebendiger Nebel vor meiner Hand zurückwich, als ich den Hörer umfaßte. Ich schnitt das Klingeln ab, indem ich den Ruf annahm.

»Hallo, hallo, wer ist dort? Bitte melden, bitte melden«, keuchte ich. Weiter kam ich nicht, du stießt mir den Ellbogen in die Seite. Ich lachte nervös.

Die Muschel vibrierte: *Major Tom ruft Ground Control!*

Ich warf dir einen raschen Blick zu. »David, bist du es wirklich?«

Was denkst du denn, Rick! Kein Scherz, erwiderte deine Stimme vom anderen Ende.

Ich schnaufte. »Krass. Du stehst nämlich gerade neben mir.«

»Frag nach der Uhrzeit«, warfst du ein. Ich nickte.

»Okay, Uhrenvergleich«, sprach ich in den Hörer und schaute nach. »Es ist jetzt 4:15 h.«

Die Antwort kam ein paar Augenblicke später: *Hier ist es erst 3:50 h.*

»Dann macht euch mal auf den Weg«, schmetterte ich. »Man sieht sich!« In dem Moment kam mir der Spruch gar nicht mehr so witzig vor, aber was raus war, war raus. Ich unterbrach die Verbindung.

Wir kehrten um. Die Stelle im Pfad, wo ich eingebrochen war, sah gar nicht mehr so gefährlich aus. Mit einem beherzten Sprung überwanden wir die Lücke.

Auf dem Heimweg versuchten wir, uns über die Bedeutung dessen, was wir erlebt hatten, klarzuwerden. Etwas in der Tektonik der Zeit war ins Rutschen geraten, die Schichten aus Vergangenheit, Gegenwart und Zukunft hatten sich verschoben. Es ließ uns schwindelig werden, darüber nachzudenken, daß Vorher und Nachher austauschbar geworden waren, es war, als würde man zu lange in eine sich drehende Spirale schauen, die aus dem Nichts wuchs und wieder vom Nichts aufgesogen wurde.

Es war schon dunkel, als wir uns an einer Straßenecke trennten, du gingst in die eine Richtung, ich in die andere, jeder zu seinem Zuhause. »Wir sehen uns in der Schule!« riefst du mir zum Abschied zu. So lange sollte es nicht dauern, und daran warst du nicht ganz unschuldig.

Ich konnte verstehen, daß dir eine Bemerkung über unsere Entdeckung herausgerutscht war, schließlich hatte ich selbst damit zu kämpfen, damit hinter dem Berg zu halten, als unsere Familie am Abendtisch versammelt war. Deine Eltern wußten sofort, was zu tun war, als sie von der Sache hörten. Von einem Moment auf den anderen wurde die beschauliche Ruhe in unserer Straße gestört von Einsatzfahrzeugen mit Warnlichtern, aus denen in Schutzanzügen vermummte Gestalten sprangen.

Solch ein Aufgebot sah man in der Kolonie auf Causa Prime, wo Gewaltverbrechen die Ausnahme waren, eher selten. Man kannte es bestenfalls von Einsätzen bei Naturkatastrophen, wie Sandstürmen oder Meteoriteneinschlägen, oder bei Reaktorunfällen. Etwas in dieser Größenordnung mußte vorgefallen sein, sagte ich mir, als ich in einen Quarantänewagen verfrachtet wurde. Dort hocktest du schon auf einer Pritsche, den schweißnassen Pony an die Stirn geklebt, käsig das Gesicht darunter. Die ganze Fahrt über wechselten wir kein Wort. Ich starrte durch das Heckfenster auf die Straße, wo unsere verwirrten und besorgten Eltern uns in ihren Privatfahrzeugen folgten.

Auf der Quarantänestation wurden wir gründlich untersucht: Blutproben, Strahlenmessung, MRT, CT, EEG, die ganze Palette, nur um sicherzugehen. Denn es waren gar keine gesundheitlichen Gefahren, denen man sich aussetzte, wenn man die Zeitzonen in den Höhlen durchschritt. Zwar war es eine massive Verzerrung auf zellularer Ebene, wenn jede Körperfaser daran gehindert wurde, natürlich zu altern, und gezwungen wurde, auf einen Schlag älter zu werden, ganz gleich, ob es sich dabei nur um Minuten handelte, trotzdem hatten wir nichts zu befürchten. Die Testergebnisse zeigten, daß wir kerngesund waren.

Ein Risiko ging von einem ganz anderen Aspekt aus. Wir hatten mit dem Gefüge aus Ursache und Wirkung gespielt, das in dem uns bekannten Universum nun mal untrennbar an einen zeitlichen Ablauf gekoppelt ist.

Was ihnen größte Sorge bereitete, war eine Entkoppelung der Kausalität vom Zeitstrahl, die Verkehrung des natürlichen Ablaufs, wenn es uns also plötzlich möglich wäre, ein Element des Ursache-Wirkung-Paares so zu verändern, daß es nicht mehr zu dem anderen paßte, beide aber unabhängig voneinander weiterexistierten. Man befürchtete allen Ernstes, mit diesem Paradoxon eine Kaskade im Raum-Zeit-Kontinuum auszulösen, mit unvorstellbaren Folgen. Zum ersten Mal bekamen wir eine Ahnung von dem, was man uns auf den Schulausflügen ins Museum nicht hatte erklären können: was nämlich die Aliens ausgelöscht hatte. Es mußte ihre eigene Technologie gewesen sein, die – falsch genutzt – ihr Untergang gewesen war.

Ich brauche dich nicht daran zu erinnern, daß wir das mächtig übertrieben fanden. Denn was bedeutete das für uns? Unser Abenteuer war schließlich gut ausgegangen! Zwar hatten wir Hand an die Grundfesten der Welt gelegt, aber es war ja nichts passiert.

»Zufall«, sagte man uns. »Reines Glück, mehr nicht. Denn wäre der Ablauf nur um ein Iota von dem abgewichen, wie er hätte sein sollen, hätte es die Versuchsanordnung höchstwahrscheinlich auseinandergerissen. Eine Neutronenbombe wäre im Vergleich dazu ein Knallfrosch gewesen.«

Am selben Abend wurde das Areal abgesperrt, aber deine kleine Verehrerin, Sylvia, deren Vater den Wachdienst leitete, hatte mitbekommen, daß der Fernsprecher in der Zeitzone erst am nächsten Morgen untersucht und dann demontiert werden sollte. Es wäre die letzte Gelegenheit, den Apparat noch einmal auszuprobieren, und das ließ ihr keine Ruhe.

Als ich endlich im Bett lag, hörte ich, wie kleine Steinchen gegen mein Zimmerfenster geworfen wurden. Ich stand auf und sah nach draußen. Dort unten wart ihr, du und deine kleine Freundin, und recktet eure Gesichter zu mir hoch. In dieser Nacht, als vieles drunter und drüber gegangen und die ganze Siedlung in Aufruhr geraten war, hatte Sylvia sich ein Herz gefaßt, und du warst ihrem Charme erlegen und hattest ihrem Betteln zuletzt nachgegeben.

»Kommst du mit, Rick? Wir wollen ein letztes Mal in die Höhle. Morgen ist alles vorbei.«

»Bist du wahnsinnig! Viel zu gefährlich. Was sollen wir da noch?«

»Ich will Sylvia den Kommunikator zeigen. Letzte Chance.«

Das gefiel mir ganz und gar nicht, trotzdem schlüpfte ich in meine Klamotten und schloß mich euch an. Wenn ihr euch schon auf diesen Irrsinn einließet, könnte es vielleicht helfen, wenn ich dabei wäre. Heute weißt du, daß das alles ein Fehler war. Ich hätte euch stattdessen von dem Plan abbringen sollen. Aber ich sah deine Entschlossenheit und spürte, daß nichts dich aufhalten konnte, wenn du dir einmal etwas in den Kopf gesetzt hattest. Schon gar nicht ein hastig aufgebauter Sperrzaun und die Wachen, die davor patrouillierten. Es kam dir zupaß, daß wir unseren geheimen Zugang verschwiegen hatten, und so war es ein Leichtes, im Schutz der Dunkelheit bis zu dem Versteck vorzudringen.

Ob wir wußten, was wir da taten, David? Ich glaube, das wußten wir nicht, obwohl wir geduldig und gehorsam den Erklärungen der Erwachsenen gelauscht hatten. Wir hatten die Theorie verstanden, die sie uns über das Phänomen darlegten, aber wir hatten nichts von der praktischen Seite begriffen. Nicht in letzter Konsequenz, nicht bis zum Ende. Wir konnten uns nicht vorstellen, was es bedeutete, wenn etwas schiefginge. Wir hatten alles im Griff, glaubten wir, was sollte also schon schiefgehen, wir beherrschten das Wunder. Aber das Wunder wendete sich gegen uns.

In sternengetupfter Dunkelheit schlichen wir uns in die Höhle. Es dauerte eine Weile, bis sich unsere Augen an die Dunkelheit gewöhnt hatten. Einzige Lichtquelle im Inneren war das schwache Glimmen, das den Kommunikator umgab, und das erst allmählich die Felswände ringsum aus dem Zwielicht hervortreten ließ. Neugierig beugte sich Sylvia über den Apparat.

»Das ist alles? Ich habe ihn mir irgendwie … aufregender vorgestellt. Sieht aus wie ein kaputtes Telefon.«

Du lachtest nur. »Warte nur ab, was das Ding kann!«

»Soll ich …?«

Sylvias Hand lag auf dem Apparat, sie sah dich fragend an, und du nicktest auffordernd. Sie hob den Hörer ans Ohr, und du zeigtest ihr, wie sie das Rufsignal auslösen konnte. Ein wiederholtes Summen, dann ein Klicken in der Leitung.

»Hallo?« sagte Sylvia zögernd. Sie lauschte hinein in Zukünftiges, das schon stattgefunden hatte, beugte sich über den Rand der Gegenwart, verlor den Halt und tastete blind durchs Dunkel der Zeit nach ihrem Schicksal.

In der Muschel zirpten Worte, die wir nicht verstehen konnten. Verstört ließ Sylvia den Hörer sinken und wandte sich uns fragend zu. Du strecktest schon die Hand aus, aber ich war schneller. Atemlos stieß ich ein »Ja?« in die Sprechmuschel. Das warst du am anderen Ende, natürlich, soweit lief es nach Plan. Aber das war noch nicht alles. Ich wartete auf das, was du mitzuteilen hattest: keine guten Nachrichten.

So behutsam, als ließe ich ein rohes Ei ins Wasserbad gleiten, lege ich den Hörer zurück in die Schale. Plötzlich sehe ich die Schleife, in der wir gefangen sind. Die Zeit zieht einen Bogen von der Zukunft in die Vergangenheit und zirkelt von dort zurück in eine festgelegte Gegenwart.

Noch wehrst du dich gegen das Unausweichliche, aber dein Kampf ist halbherzig, deine Argumente, die du mir entgegenschleuderst, sind schwach. Du weißt es im selben Moment, als du sie vorbringst. Es gibt Situationen, da muß man ein großes Opfer bringen, um ein noch größeres Opfer zu verhindern. Dein Aufbegehren, David, ist aussichtslos: Schicksal Goliath ist diesmal unbesiegbar.

Du wirst dich mit Sylvia auf den Weg zum Telefon machen, dann wird deine kleine Freundin auf halber Strecke zu Tode stürzen, und zuletzt wirst du das Klingeln beantworten, um es mir mitzuteilen. So steht es fest, das ist die Zukunft, daran läßt sich nichts mehr ändern. Es ist ja schon geschehen!

Zum ersten Mal sehe ich dich weinen. Still laufen dir die Tränen über das versteinerte Gesicht. Und ich kann dir nicht helfen, mein Freund.

Wie Marionetten, aufgehängt an Fäden, die die Vorbestimmung führt, marschiert ihr los, du und das Mädchen. Ich bleibe zurück und schaue euch nach, bis das tanzende Lampenlicht hinter der ersten Biegung verschwunden ist. Da springe ich auf die Beine und gehe. Bestimmt wirst du verstehen, daß ich nicht warten will, bis du zurückkehrst – allein.

Eine Million Affen

Das Hämmern von einer Million mechanischer Schreibmaschinen, bedient von einer Million tippender Affen, prasselte mit dem Getöse einer Geröllawine auf das Großraumbüro nieder. Es brandete unregelmäßig auf, wurde lauter, verlor an Intensität, um sich alsbald erneut zu steigern. Das Großraumbüro war eine Halle unbekannten Ausmaßes, deren Wände jenseits der Grenze des Sichtbaren verschwanden. Egal, wohin man den Blick wandte, das Labyrinth der Kubikel erstreckte sich bis zum Horizont.

An seinem Schreibtisch hockend, vernahm Noam einen Laut in unmittelbarer Nähe. Der Laut drang aus dem Nachbarkubikel zu ihm, war unverkennbar und ließ ihn in seiner Beschäftigung innehalten. Was er hörte, war ein kräftiger Wasserstrahl, der gegen die andere Seite der Trennwand pladderte. Ein rote Leuchte an der Decke blinkte. Schon kam einer der Versuchsleiter im weißen Kittel den Gang entlanggeschossen. »Noam, sind Sie das!«

Noam schüttelte stumm den Kopf und wies mit dem Daumen über die Schulter. Der Versuchsleiter blieb vor dem Eingang von Kollege Gorillas Büro stehen. Noam hatte seinen Platz verlassen und linste an den Hosenbeinen des Mannes vorbei. Der kleine quadratische Raum bot einen wüsten Anblick. Zahllose Papiere waren über den Boden verstreut, und ein riesiger feuchter Fleck zierte eine der Preßspanwände, während die Pfütze darunter noch dampfte und ihren stechenden Ammoniakgeruch verströmte. Ein Putztrupp rückte an und machte sich daran, das Malheur zu beseitigen. Kollege

Gorilla ließ die Standpauke des Versuchsleiters mit zusammengezogenen Augenbrauen über sich ergehen.

Eine Weile, nachdem der Weißkittel gegangen war, ertönte ein zögerndes Tippen. Kollege Gorilla hatte die Arbeit an der Schreibmaschine wieder aufgenommen. Er verfolgte seine Aufgabe mit blindwütiger Sturheit. Vor kurzem hatte er, wie Noam wußte, die Ziffernreihe für sich entdeckt, und als wäre es die Offenbarung des Jahrhunderts, produzierte er endlose, kaum variierte Folgen von 123456789, die gelegentlich von einem eingestreuten Sonderzeichen !“§$%&/()=? garniert wurden, wenn sein Handballen die Hochstelltaste berührt hatte. Es würde wohl Äonen dauern, bis sich der Flachschädel wieder dem Buchstabenfeld zuwandte und versuchte, etwas halbwegs Vernünftiges zu produzieren. Aber wir haben ja Zeit, Herr Kollege, dachte Noam grimmig, genau genommen die ganze Ewigkeit!

Kurz darauf verstummte das Geräusch wieder, und ein deftiger Fluch schallte aus dem Nachbarkubikel. Noam mußte kichern. Hat mal wieder die Typenhebel verklemmt, dachte er schadenfroh. Dabei war die massive Mechanik der museumsreifen Schreibmaschinen ideal für ihre groben Affenhände, trotzdem kam nicht jeder damit zurecht.

Noam starrte auf die Tastatur vor sich, verzaubert von der Magie, die sich in ihr versteckte. 26 Buchstaben hatte das Alphabet der Zweibeiner, hinzu kamen eine Handvoll Umlaute, das SZ, Ziffern und Satzzeichen. Und das reichte aus, um alle Werke der Menschheitsgeschichte zu Papier zu bringen! Noam setzte die schwieligen Fingerkuppen auf den Tasten in Position, der linke Zeigefinger ruhte auf dem F, der rechte auf dem J, dazwischen die Lücke aus G und H, so wie er es gelernt hatte. Es folgten einige Augenblicke andächtiger Ruhe, in denen er sich sammelte, und dann legte er los. Seine Finger flitzten über die Tasten, huschten hierhin, huschten dorthin, grätschten in Ausfallschritte, mal nach unten, mal nach oben, im lockeren Wechsel, keinen Winkel auslassend, jedem Zeichen eine Chance gebend, seinen Beitrag zum Meisterwerk beizusteuern. Die Daumen zerhackten auf der Leertaste den Zeichenwust in Einheiten, um die Wörter voneinander zu trennen. »10-Finger-blind« nannte sich diese Fertigkeit, die er aus dem Rückenmark beherrschte.

Er konnte nicht ohne Stolz von sich sagen, schon eine ganze Weile Teil dieses gigantischen Projekts zu sein. Genau genommen waren es aber nicht eine Million Affen, die hier zu Werke gingen, sondern buchstäblich unendlich viele, denn so sah es die Versuchsanordnung des Experiments vor. »Eine Million!« war lediglich der barsche Bescheid auf Noams Frage gewesen, wie viele Kollegen denn mit ihm das Großraumbüro teilten, und diese Antwort hatte sich allgemein verbreitet.

Sicher hätte man das Projekt auf einen Supercomputer, einen elektronischen Rechenknecht verlegen können, aber es währte inzwischen schon zu lange, als daß man das fragile Gebilde aus Stochastik und Wahrscheinlichkeit durch eine noch so unbedeutende Unterbrechung gefährden wollte, näherte es sich doch dem erhofften finalen Zustand an.

Allabendlich füllten sich die Gänge mit Heerscharen von Weißkitteln, die von Kubikel zu Kubikel zogen und die Papierstapel auf Aktenwägelchen packten und fortschafften. Die Übergabe eines Tagespensums war ein Ritual, das mit bedeutungsvollem Ernst zelebriert wurde. Schwielige Affenhände jedweder Couleur – ob von Schimpansen, Gorillas, Orang-Utans, Pavianen, Gibbons, Berberaffen oder Lemuren – reichten die Ernte an die glatten, weichen Hände der Wissenschaftler mit den manikürten Fingernägeln weiter. Das Getippse wanderte zur Auswertung in eine andere Abteilung. Von den Ergebnissen drang lange nichts nach außen, bis Noam eines Tages einen Blick hinter die Kulissen der Unternehmung werfen konnte. Auslöser war ein harmloser Streich, mit dem er etwas Abwechslung in die geisttötende Arbeit hatte bringen wollen. Aus einer Laune heraus, die er sich selbst nicht erklären konnte, hatte er das Wort ROSEBUD in dem Buchstabensalat auf einer der Seiten untergebracht. Als das bei der Auswertung entdeckt wurde, war die Aufregung unter den Weißkitteln groß. Eine Gruppe dieser nach Rasierwasser und Deodorant duftenden Primaten versammelte sich im Gang vor seinem Kubikel und diskutierte mit gedämpfter Stimme die Bedeutung des Phänomens. So erfuhr Noam, daß die Wahrscheinlichkeit, daß ein stupider Bonobo wie er per Zufall die Buchstabenfolge R-O-S-E-B-U-D produzierte, eins zu acht Milliarden gewesen war, unter der Voraussetzung, verstand sich, daß man nur die Buchstaben des Alphabets und keine anderen Zeichen in die Berechnung einbezog. Ins Unendliche ausgedehnt, bedeutete dies, daß eine Buchstabenfolge von ausreichender Länge irgendwann per Zufall jedes beliebige Werk, das je von einem Menschen geschaffen worden war, abbilden müßte. Einzige Voraussetzung war, daß man das Experiment lange genug betrieb, genauer gesagt: unendlich lange.

Die Versuchsleiter glaubten wohl, daß – statistisch gesehen – solch ein Ereignis kurz bevorstand. Die Blicke, mit denen ihn die Weißkittel bedachten, adelten Noam. Seither war klar, auf seinen Schultern ruhte der Erfolg des Projekts! Man erwartete nichts Geringeres als wie die Stücke Shakespeares auftauchen zu sehen. Alsdann! Noam schloß die Augen und fletschte die Zähne zu einem entschlossenen Grinsen. Beherzt griff er in die Tasten und folgte seiner Bestimmung.

Samantha, eine Meerkatze, deren Fell so samtig war wie ihr Name, unterbrach ihn, indem sie sich auf seinem Schreibtisch niederließ, während sich ihr Schwänzchen um einen Regalpfosten ringelte.

»Immer noch bei der Arbeit«, flötete sie. »Machen Sie mal Pause!« Sie legte den Kopf schief und spitzte ihr Schnütchen. »Begleiten Sie mich doch in die Kantine!«

Noam schaute zur Uhr. Ohne daß er es bemerkt hatte, war der Tag bis zur Mittagszeit fortgeschritten, gegen eine Unterbrechung war also nichts einzuwenden. Würdevoll watschelte er hinter Samantha her, um aufrechte Haltung bemüht, während die Kollegin im Zickzack über den Flur tollte, sich zwischen den Bilderrahmen von den gegenüberliegenden Wänden abstoßend.

»Kommen Sie! Kommen Sie!« flötete sie. »Die Plätze am Fenster sind zuerst weg. Es gibt Bananensalat!«

Samantha war eine überaus sympathische Kollegin, aber bei der Arbeit hatte sie kein Glück. Ihr größter Erfolg bisher war die Buchstabenfolge ICH SPR IN JUCK GANZ VERSTOLEN gewesen, aber dann verlor sich der halbwegs hoffnungsfrohe Ansatz in sinnlosem Kauderwelsch. Noam hatte sie ermuntert, nicht aufzugeben, aber der Zuspruch galt insgeheim ihm selbst, mehr als irgendeinem anderen. Prompt hatte Samantha, die in seine Vision eingeweiht war, mit den Augen geklimpert. »Das ist doch etwas für Sie«, wisperte sie feierlich. »Sie sind so klug. Sie hätten es verdient. Ehre, wem Ehre gebührt!«

Die Schmeichelei hatte Noam erröten lassen. Tatsächlich sah er das Zeilenfragment aus »Macbeth« als Vorbote dessen, was jetzt unweigerlich kommen mußte. Hier kündigte sich ein Durchbruch historischen Ausmaßes an. Und es konnte jeden von ihnen treffen, warum also nicht ihn? Gerade Noam, der dem Zufall den Weg bereitete und für ihn das Tor himmelweit öffnete, an jedem einzelnen der stumpfsinnigen Arbeitstage! Diese Aussicht erwies sich als der letzte Grund, der ihn bewegte, morgens aus dem Bett zu steigen und sich in den endlosen Troß der Primaten einzureihen, die zur Arbeit schlurften.

In der Kantine herrschte hysterisches Gekreisch wie in einem brennenden Affenhaus. Sie fanden zwei Plätze an einem Tisch neben einer Säule. Noams beschwingte Zuversicht wurde nur von einer einzigen Sache gebremst, über die er mehr herausfinden mußte.

»Was können Sie mir über Cicero sagen?« fragte er beiläufig, kaum daß sie sich niedergelassen hatten. Samantha antwortete nicht sofort.

»Seine Uniform war bordeauxrot, und die Messingknöpfe glänzten, daß es einen blendete«, murmelte sie schließlich. Sie sah Noam nicht an. Cicero wurde als komischer Kauz geschildert: gekleidet in die Uniform eines Hotelpagen, und seinen Lebenslauf befleckte ein kurzer Aushilfsjob bei einem Drehorgelmann. Merkwürdige Ansichten hätte er geäußert und unverständliche Reden geschwungen. Über seinen Verbleib gab es nur Gerüchte, über die bestenfalls hinter vorgehaltener Hand getuschelt wurde. Es fielen Begriffe wie »Zoo« oder »Tierversuchslabor«. Seinen Namen auszusprechen galt unter den Kollegen als tabu.

»Er war mein Vorgänger«, sagte Noam. »Ich habe sein Kubikel übernommen.«

Samantha nickte traurig. Noch immer konnte sie seinem Blick nicht standhalten. Noam seufzte. Was ihm von Cicero vor die Füße gefallen war, erschien ihm zu ungeheuerlich, das konnte er selbst Samantha nicht anvertrauen. Auf der Suche nach Papiernachschub hatte er einmal alle Schubladen in seinem Kubikel aus den Fächern gezogen und die Notizen seines Vorgängers entdeckt, die an eine der Rückseiten gepinnt waren. Neugierig hatte er die Heftzwecke gelöst und die Blätter entfaltet. In einer zierlichen, wie eine feine Radierung wirkenden Handschrift hatte Cicero seine Überlegungen festgehalten. »Alle sich selbst überlassenen Systeme streben unumkehrbar auf einen Zustand höchster Unordnung zu. In unserem Experiment würde bei einer zufälligen Abfolge der Buchstaben auf lange Sicht eine statistisch gleichmäßige Verteilung entstehen, Entropie ist immer das Ergebnis. Die erhoffte Information, die sich einstellen soll, also in diesem Fall ein Stück Weltliteratur, würde einen Verstoß gegen dieses Prinzip darstellen. Es müßte etwas von außen in die Statistik getragen werden: Geist.«

Düster stocherte Noam in dem Bananensalat. Ihm war der Appetit vergangen.

Wieder an seinem Schreibtisch, wollte ihm die Arbeit nicht mehr so leicht von der Hand gehen. Seine Gedanken kehrten zurück zu Cicero und der Saat des Zweifels, die er in ihn gelegt hatte.

Man müsse unendlich viele Versionen mit dem Original vergleichen, Buchstabe um Buchstabe. Damit legte man etwas in das Experiment hinein, was im Zufall nicht enthalten wäre. So kontaminierte man das Experiment, ja, konterkarierte geradezu seine Idee. Es wäre genauso absurd wie die Erwartung eines Würflers, auch einmal die Sieben zu sehen, wenn er nur unendlich oft würfelte.

Das hatte sein Vorgänger, der Affe im Pagenrock, behauptet. Noam verstand nicht alles, was er damit sagen wollte, aber er verstand die Bedrohung für seine eigene Überzeugung. Das Experiment war in Gefahr! Diese Gefahr mußte beseitigt werden.

Er kramte Ciceros Notizen hervor, deren Kniffe vom vielen Entfalten schon ganz brüchig geworden waren, zerknüllte sie zu einem kleinen, festen Ball, den er sich in den Mund schob. Er speichelte kräftig ein und zerkaute das Papier. Es schmeckte bitter nach Verrat. Schließlich schluckte er hart.

Noch tagelang lag ihm der Papierklumpen bedeutungsschwer im Magen. Erst als er das nächste Mal auf dem Porzellanthron gesessen hatte, fühlte er sich erleichtert. Er hatte das Produkt seiner Verdauung in den Orkus gespült, und was auf dem Zettel geschrieben stand, verblaßte in seiner Erinnerung.

Sein ganzes Sinnen wurde wieder von der Idee hinter dem Experiment beherrscht. Noam ahnte, daß sich über ihm in der Gewitterwolke der Wahrscheinlichkeiten ein absoluter Wert sammelte, prall und voll wurde, sich rundete und bersten würde, bevor das Jahrtausend zu Ende ginge, um sich als magische Zeichenfolge über ihm zu entladen. Die Statistik log nicht, sie irrte nie, und Noam war sich sicher, daß es an ihm wäre, Shakespeares Werke zu Papier zu bringen. So vieles sprach dafür! Jeden Tag rechnete er sich vor, wie viele Buchstaben er und seine Kollegen seit Beginn des Experiments, an den sich niemand mehr erinnerte, getippt hatten, und vor seinem inneren Auge türmten sich die beschriebenen Blätterstapel weiter und weiter ins All hinaus, liefen gegen unendlich und rückten die Wahrscheinlichkeit näher und näher an die magische Zahl 1. Noam malte sich aus, daß der imaginäre Zähler bei 0,9999 stand und er der Auserwählte sein würde, der dem statistischen Wert das Quentchen von 0,0001 würde hinzufügen dürfen, um die Königsdramen eines lange verstorbenen Engländers auf seiner Schreibmaschine auferstehen zu lassen.

Zeit spielte bei der Versuchsanordnung keinerlei Rolle, und so war es gleich, wann es so weit war, wichtig war nur, daß es sich endlich ereignete. Noam spürte mit dem unbestechlichen Instinkt seines Affenherzens, daß dieser Moment gekommen war.

Tag für Tag hatte er blindlings sein Pensum heruntergetippt, den großen Bruder Zufall auf seiner Seite wissend. Und diesmal war etwas anders als sonst. Ohne Absicht hatte er ein sinnvolles Wort zu Papier gebracht. Er blinzelte, versuchte nicht hinzuschauen. Sein Atem ging schnell und flach. Das war es! Er spürte, er war im Flow, durfte die Magie des Augenblicks nicht zerstören. Während er wie ein Automat weiter die Tasten bediente, spaltete sich ein Teil seines Denkens ab und versuchte zu erkennen, um was es sich hier handelte. Aus dem gestaltlosen Buchstabenbrei schälte sich ein Name heraus. Sein Herz klopfte bis zum Hals. Das mußte einer der Protagonisten aus einem Theaterstück sein! Ging es um MACBETH, um RICHARD III oder um HAMLET? Jetzt nur nichts falsch machen! Weiter, tipp weiter, raunte er sich zu, bleib bei der Sache, nicht nachdenken, und wie ein Besessener traktierte er die Schreibmaschine, die unter dem zwanzigfingrigen Ansturm von Händen und Füßen erbebte.

Die Typenhebel schnellten vor, klöppelten so schnell auf der Walze, daß sie fürs Auge zu einem metallenen Nebel verschwammen. Das Glöckchen am Zeilenende erklang in immer kürzeren Abständen, aus dem Handgelenk bediente Noam den Walzenhebel für die nächste Zeile, und weiter ging die wilde Fahrt, immer rasanter dem Endspurt zu. Das Herausreißen eines vollen Blatts und das Einspannen eines frischen waren eins.

Noam ritt auf einer Welle, die sich aus der heranrollenden Gewalt der Wahrscheinlichkeit speiste, balancierte auf ihrem Kamm, pflückte ohne hinzuschauen einen Buchstaben nach dem anderen aus dem Reich der Statistik, ließ die Finger tanzen, hämmerte das Werk in die Maschine, nein, er holte es aus der Maschine, er sorgte dafür, daß es sich auf dem Papier manifestierte. Noam selbst wurde zum Werkzeug einer Mission, die größer war als er selbst. Der Rausch dauerte bis zum Schichtende.

Als die Sirene das Ende des Arbeitstages verkündete, zog Noam das letzte Blatt aus der Maschine und legte es mit dem Gesicht auf den Stapel, der heute vielversprechend groß ausgefallen war. Er sank in seinem Bürosessel zurück, die Beine weit von sich gestreckt, während die Arme kraftlos herabbaumelten und den Boden streiften. Sein Kopf fiel in den Nacken. Er senkte die ledrigen Augenlider, und zwischen langen Wimpern quoll eine Träne beglückter Erschöpfung hervor.

Es war vollbracht.

Noam atmete tief durch, rappelte sich hoch und stieß sich mit den Füßen von der Schreibtischkante ab. Sein Stuhl rollte bis zur Kubikelöffnung, und Noam spähte in den Gang. In der Ferne näherte sich schon der Abteilungsleiter mit der Bürohilfe, die ein Aktenwägelchen hinter ihm herschob.

Bevor er die Früchte seiner Arbeit weggeben mußte, nahm Noam mit heiliger Ehrfurcht den brikettdicken Papierstapel in beide Hände, hob ihn wie eine Reliquie vom Tisch und wappnete sich innerlich für die Begegnung mit einem Meisterwerk der menschlichen Dichtkunst. Seine Finger waren etwas zittrig, während seine weit aufgerissenen Augen ohne zu zwinkern über die Zeilen huschten. Auf das, was er da zu lesen bekam, war er nicht vorbereitet. Er sah Wahrscheinlichkeiten sich in Luft auflösen, Statistiken zu Staub zerfallen. Die Entropie hob ihre häßliche Fratze. Shakespeares Bühne wankte, ihre Bretter wurden morsch, Kulissen stürzten ein. Richard III., Macbeth und King Lear entschwanden mit Hohngelächter, das in der Unendlichkeit verhallte.

Atemlos, mit wachsender Verzweiflung blätterte Noam das Werk bis zu seinem schnöden Ende durch. Es war von Shakespeare so weit entfernt wie nur irgendetwas – handelte es sich doch um das Telefonbuch von Wanne-Eickel, Buchstabe A bis F, Jahrgang 1964.

Für das Räuspern des Versuchsleiters, der die Ernte des Tages einfahren wollte, war Noam taub.

Heiße Tränen fielen auf das Typoskript. Noam weinte, wie nur ein Bonobo, dessen Lebenstraum zerbrochen war, weinen konnte.

Der Stoff, aus dem die Schatten sind

Für sein Vorhaben war das Wetter ungeeignet, und so machte es Feinfeldt nichts aus, als Krankheitsvertretung in die Fabrik zu kommen. Als selbständiger Subunternehmer bevorzugte er zwar die Arbeit außerhalb, aber heute war das Licht schlecht, und die Ausbeute wäre nicht der Rede wert gewesen.

Kaum hatte er den Gemeinschaftsraum betreten, fing ihn der Schichtleiter mit einem Spezialauftrag ab. In seiner Begleitung befand sich ein Junge, der ihm als Florian vorgestellt wurde und den Feinfeldt an den Schatten unter den Augen sofort als »Talent« erkannte.

»Er fängt heute seine Lehre bei uns an. Da der Ausbilder nicht da ist, wirst du ihn fürs erste unter die Fittiche nehmen.« Der Schichtleiter legte dem Burschen die Hand auf die Schulter und zwinkerte Feinfeldt zu. »Bei Feinfeldt bist du in guten Händen, Junge. Das ist unser bester Schattenmacher!« Mit diesen Worten machte er auf dem Absatz kehrt, um ihn mit seinem neuen Schützling allein zu lassen.

Feinfeldt hängte seufzend seinen Regenmantel an den Haken. »Frisch von der Schule, stimmt's?« fragte er. Der Junge nickte stumm.

»Abgebrochen?« Wieder ein Nicken. Feinfeldt wußte nur zu gut, wie das ablief, auch ihm war es damals nicht anders ergangen. Er brauchte nur zu sehen, wie der Bursche neben ihm in die Werkhalle schlurfte, um zu wissen, woran er war. Dieser Gang war typisch für die jungen, unbedarften »Talente«, die schlimme Erfahrungen hinter sich hatten, und es würde einiges an Anstrengung kosten, ihm das abzugewöhnen. Hier brauchte sich niemand ihrer Art zu verstecken, hier konnten sie stolz und mit geradem Rücken ausschreiten. Wahrscheinlich würde sich das von ganz allein ergeben, wenn es dem Jungen das erste Mal gelänge, einen eigenen Schatten zu erzeugen. Aber bis dahin war es ein langer, beschwerlicher Weg.

Die Werksirene kündete vom Beginn der neuen Schicht, und die Schattenmacher strömten zu ihren Arbeitsplätzen. Etliche der Plätze blieben heute frei, so daß Feinfeldt eine ihm genehme Farbe wählen konnte. Er ließ sich im Lotussitz vor einer purpurnen Wand nieder, die von einem Scheinwerfer zum Leuchten gebracht wurde, und bedeutete dem Neuling, sich neben ihn zu setzen: »Schau zu und lerne!«

Feinfeldt schloß die Augen, er füllte seine Lungen, atmete aus, ließ die Luft langsam durch die Nase streichen. So begann es immer. Anfangs geschah nichts, außer daß Feinfeldt zu verschwinden schien, so tief versenkte er sich in sich selbst. Endlich aber wurde auf der beleuchteten Fläche hinter ihm eine blasse Verfärbung sichtbar – die Umrisse einer Gestalt, die sich in seinem Rücken erhob.

Feinfeldts Geist kehrte an die Oberfläche zurück, und er stand auf. Sein Schatten an der Wand hatte sich verdichtet, er füllte jetzt die klar gezeichneten Konturen vollständig aus. Unter Florians staunenden Blicken vollführte Feinfeldt einen Zeitlupentanz, dessen Figuren der Schatten willig nachahmte. Feinfeldt gab dem Schatten wechselnde Formen, indem er sich drehte und wendete, sich unterschiedlich zum Licht ausrichtete, damit der Schatten in anderen Winkeln fiel. Er ließ den Schatten anschwellen, zog ihn in die Länge, rollte ihn aus wie geschmeidigen Teig, modellierte ihn wie einen Klumpen Ton. Jeder der zeitweiligen Umrisse schrieb sich in das Gedächtnis des Schattens ein und würde es später seinem neuen Träger ermöglichen, in jeder Lage auf jedwede Fläche eine vollendete, natürliche Schattenform beliebiger Größe zu werfen, ganz so, wie es von der Natur vorgesehen war.

Das war es, was die Menschen brauchten. Denn in dieser seelenlosen Zeit des schönen Scheins war es unmöglich geworden, einen Schatten zu werfen. Die Bedürftigen, die doch alles hatten, was man sich wünschen konnte, verrieten sich durch sein Fehlen. Die meisten hatten diese Kunst verlernt, die einst so selbstverständlich gewesen war. Um dem Mangel abzuhelfen, hatte man anfangs versucht, sich die Schattenwürfe von Mauern, Säulen oder Denkmälern anzueignen. Aber diese Schatten waren dem Lebendigen so fern, daß sie sofort abfielen und sich auflösten. Man hatte es mit den Schatten von Tieren und Pflanzen versucht, gleichfalls ohne Erfolg. Zwar verband sich hier das Belebte mit dem Lebendigen, aber der Mensch war Flora und Fauna, der Natur an sich, so sehr entfremdet, daß die Vereinigung seinen Geist zermürbte und ihn in seelische Verwirrung stürzte. Es setzte sich die Einsicht durch: Nur menschlicher Schatten war für Menschen geeignet.

Dabei waren die Schattenmacher und ihre Arbeit keineswegs unumstritten. Es war noch nicht lange her, daß Feinfeldt um eine Straßenecke gebogen und auf einen Demonstrationszug gestoßen war, der ihm entgegenkam. Sein Blick verdüsterte sich, als er die hochgereckten Schilder und Banner sah. WEG MIT DEN SCHATTEN. SCHATTEN NEIN DANKE. SCHATTEN SIND RATTEN. Schon hatten ihn einige Demonstranten am Rande des Zuges entdeckt. »Ein Schattenmacher!«, schrie einer, und eine Handvoll Mitmarschierer wandte sich um. Sie erkannten ihn an den dunkel umrahmten Augen, die in seinem Gesicht wie eine Maske wirkten. Zwei Frauen lösten sich aus der Gruppe und stürzten auf ihn zu und spuckten vor ihm aus. »Euch sollte man wegsperren und unschädlich machen!«

Feinfeldt wich vor so viel Haß zurück. »Was geht euch das an«, knurrte er. »Das ist allein meine Sache.«

»Es ist krank!«, schrie die Frau. »Das ist nicht normal, einen Schatten zu haben. Ihr seid Mißgeburten!«

»Manchen gefällt's«, versetzte Feinfeldt eisig. »Sie geben viel Geld dafür aus.« Er wollte weiter, aber die Begleiterin der ersten Frau hielt ihn am Ärmel fest. »Das ist es ja! Ihr verkauft eure Seele! Perverser geht's ja wohl nicht!« Feinfeldt hatte sich losgerissen und war davongeeilt, das Geschrei der Demonstranten hinter sich lassend.

Gegen Ende der Schicht begleitete Florian seinen Lehrmeister zur »Abtrennung«. Ein Arbeitstag war von Erfolg gekrönt, wenn es gelungen war, einen stabilen Schatten herzustellen. Seine Substanz war so delikat, daß es großer Sorgfalt bedurfte, ihm eine dauerhafte Form zu geben, die auch ein Ablösen überstand. Hier in der Fabrik konnte Feinfeldt einen Schatten pro Tag abliefern; der Ertrag war größer, wenn er Gelegenheit hatte, ihn in freier Wildbahn herzustellen.

Feinfeldt bemerkte die Unruhe, mit der sich Florian an seiner Seite in die Schlange einreihte, wo die Kollegen anstanden, um ihrerseits die Früchte des Tagewerks abzuliefern. Die Sorge des Jungen war nicht unberechtigt angesichts der respekteinflößenden Maschine mit sichelförmigen Klingen, die die Schatten vom Körper schälten.

»Du mußt um jeden Preis stillhalten, denn der Schnitt muß an genau der vorgesehenen Stelle geschehen!« mahnte Feinfeldt. Geriete nämlich ein Arbeiter zu dicht an die Klinge, könnte es zu lebensbedrohlichen Verletzungen kommen, zuckte er vor der Rasiermesserschärfe der Klingen zurück, würde der Schatten unsauber abgetrennt und nicht vollständig entfernt, der verstümmelte Rest begänne zu faulen und fiele ab, eine nässende Wunde hinterlassend. Die konnte einen Schattenmacher für lange Zeit arbeitsunfähig machen, und selbst wenn er, wieder gesundet, seine Arbeit erneut aufnahm, litt die Qualität seiner Produkte unter der Vernarbung. Unter den Kollegen gab es alte Hasen, die auf die sedierende Injektion vor der Abtrennung verzichteten, obwohl sie es besser wissen sollten, und dann doch Nerven zeigten.

»Die Abtrennung ist etwas, das dich irgendwann täglich erwartet. Es wird dir bald zur Routine werden. Aber hüte dich vor Selbstüberschätzung«, schärfte Feinfeldt dem Jungen ein. »Es lohnt sich nicht, den Helden zu spielen. Viel wichtiger als alles andere ist die Perfektion des Schattens, die wir anstreben.« Er schob Florian an die Werkbank. »Da sind die Markierungen. Hier und hier und hier. Wenn du dich nach ihnen richtest, kann gar nichts schiefgehen.«

Bestimmt hatte sich der Bursche seine zukünftige Profession rosiger vorgestellt, Feinfeldt wußte aus eigener Erfahrung, daß die Anwerber die unangenehmen Seiten der Branche gerne verschwiegen. Er erinnerte sich noch gut daran, wie er und zwei andere aus seiner Klasse – Außenseiter, die zuviel sahen und zuviel fühlten und von allen gemieden wurden – in den Versprechungen der Anwerber einen Ausweg aus ihrer Misere sahen. »Talente« verrieten sich durch einen dunklen Saum, der sich am Rande ihrer Sohlen zeigte, unter denen der Flaum eines zarten Schattens heranwuchs, von der Umwelt noch unbemerkt, aber von seinem Besitzer sorgsam als Geheimnis gehütet. Stets achteten sie darauf, die Blicke von ihren Füßen abzulenken. Um den Schatten, der dort gegen ihren Willen und ohne ihr Zutun ans Tageslicht kroch, zu verbergen, hatten sie sich einen schlurfenden Gang zugelegt. Feinfeldt und seine Kameraden, die dasselbe Schicksal teilten, hatten kaum noch die Füßen vom Boden gehoben, um sich nicht zu verraten.

So war es nicht schwer, die talentierten Kinder aus der Schule fortzulocken. Es ging ihnen ja ohnehin nicht besonders gut in der Klasse, und die Aussicht auf eine berufliche Laufbahn und raschen Verdienst machten ihnen die Entscheidung leicht. Die Eltern waren fast ausnahmslos einverstanden, denn auch sie waren davon überzeugt, daß es für ihre Sprößlinge nur besser werden konnte. Die Nachteile, die man mit dieser Entscheidung in Kauf nehmen mußte, erschienen als vergleichsweise geringer Preis.

Für die »Talente« begann eine Zeit des erzwungenen Umdenkens. In der Fabrik sollten sie dem Drang nachgeben, den sie zuvor so mühevoll unterdrückt hatten. In der Lehre erklärte man ihnen, daß es darauf ankäme, locker zu lassen und das hervortreten zu lassen, was man an Schatten in sich spürte. Das fiel den meisten nicht gerade leicht. Was einst verpönt war, war nun erwünscht, wurde gar streng eingefordert, ja, sogar gewerbsmäßig betrieben. Auf dem Weg zum vollendeten Schattenmacher flossen viele Tränen. Die ersten Versuche waren ausgefranst, fadenscheinig, unförmig. Die Ausbilder rissen die kümmerlichen Ergebnisse gnadenlos herunter und warfen sie zum Abfall. Im ersten Lehrjahr wuchs der Restehaufen hinter der Fabrik beständig.

Es würde lange dauern, bis die Fertigkeiten der »Talente« zur vollen Reife ausgebildet worden wären. Dann aber wäre das Material der Schatten so vielfältig wie seine Erzeuger: anschmiegsam oder widerspenstig, glatt oder rauh, ölig oder trocken, scharfkantig oder verschwommen, grobmaschig oder feingewebt, faserig oder seidig, opak oder transluzent, einfarbig oder schillernd, matt oder glänzend, glatt oder strukturiert, knisternd oder stumm, fest oder empfindlich wie Reispapier. Und für alle Ergebnisse würde sich ein Abnehmer finden, zu dessen einzigartigem Charakter der Schatten paßte.

Trotzdem, die meisten wußten nicht viel über die Schatten. Ein weit verbreiteter Irrtum betraf ihre Färbung – ohne weiteres Nachdenken nahm man an, daß sie schwarz wären, aber das war weit gefehlt. Schon die Impressionisten, geübt ihm genauen Hinschauen und in der Einfühlung ins Geschaute, wußten das. Unweigerlich nahm der Schatten den Ton der Oberfläche an, auf die er fiel, deshalb achtete Feinfeldt stets darauf, wie der Untergrund beschaffen war, auf dem er seine Schatten entstehen ließ. Ein zuverlässig gutes Ergebnis lieferte eine saftig-grüne Wiese, die seinen Schatten so reichhaltig machte wie die schwer tragenden Obstbäume, die auf ihr verstreut waren. Ein fertiger Schatten, in dieser Umgebung gewachsen, zeigte, wenn man ihn im richtigen Winkel ins Licht hielt, einen feinen grünen Schimmer und enthüllte dem Kenner sogar die versteckten Tupfer seltener Löwenzahnblüten.

Das Schattenmachen vor den farbigen Wänden in der Fabrik vereinfachte die Prozedur, brachte aber nichts anderes als Konfektionsware hervor, für gewöhnliche Bedürfnisse sicher ausreichend. Feinfeldt stellte höhere Ansprüche. Essentiell war es, den passenden Lichtmoment einzufangen, der sich auf Textur und Qualität des Schattens auswirkte. Feinfeldt beobachtete den Lauf der Sonne, nutzte das Spiel der Wolken am Himmel, um Weichzeichnereffekte zu erzielen, und mit durch Nebelschleier gefiltertem Licht konnte er seine Arbeit weiter veredeln. Während eines Gewitters, wenn Blitze harte Sekundenschatten schufen, webte er ein Glitzern in den Stoff. All das würde sich auf die seelischen Eigenschaften auswirken, die die Schatten beim späteren Träger verstärkten und gestalteten.

War schon das Sonnenlicht kostbar, so war das Licht der Sterne um ein Vielfaches mehr wert. Diesen seit Jahren, Jahrhunderten und Jahrtausenden durchs All gereisten Photonenstrom – der besser war als alter Wein – zur Schattenerzeugung zu nutzen, erwies sich als kein leichtes Unterfangen. Zunächst galt es, einen Ort zu finden, der nicht von anderen Lichtquellen kontaminiert war. Das erforderte ausgedehnte Ausflüge, die sich Feinfeldt nur selten erlauben konnte. In diesen raren Momenten fand er den idealen Arbeitsplatz fernab dessen, was man Zivilisation nannte, in einer nahezu unberührten Natur, die zumindest von elektrischem Strom und künstlicher Beleuchtung verschont geblieben war. Das waren Inseln, Wüsten oder Berggipfel. Sich auf das zarte Licht nächtlicher Sterne, das ungleich schwächer war als das des Tagesgestirns, einzustellen, war die zweite Herausforderung. Es dauerte länger und verlangte nach größerer Ausdauer, bis so viel von dem silbrigen Rinnsal zusammengekommen war, daß sich der erste feine Schattenwurf abzeichnete. Aber stets wurde Feinfeldts Ausharren belohnt von einem engmaschigen Gewebe exquisiter Art, dessen Fasern so fein wie nichts anderes waren, zart und gleichzeitig so fest wie ein Spinnennetz, in dem sich Träume, Imaginationen und Seelenregungen des zukünftigen Besitzers verfangen würden.

Als Feinfeldt nach langer Pause wieder unter freiem Himmel gearbeitet hatte, wußte er, daß ihm in geduldiger Nachtarbeit ein Meisterwerk gelungen war. Er hatte alles, was ihm zu Gebote stand, in diesen Schatten eingewebt: Vergangenes, Gegenwärtiges und Zukünftiges. Das waren seine Erinnerungen, das waren seine reichen Erfahrungen, das war das Schlagen einer Nachtigall, der er in der Dämmerung gelauscht hatte, das war das Funkeln der Sterne und das war der Traum von einem glücklichen Leben. Zum ersten Mal würde es Feinfeldt schwerfallen, sich von einem Schatten zu trennen. Etwas war anders als sonst. So nah wie jetzt war ihm noch nie ein Schatten gewesen. Wie lautloses Wasser glitt der Schatten über den Boden, als Feinfeldt nach Hause ging, und es fühlte sich an, als hätte er ihn wie ein Zwilling schon immer begleitet.

Am nächsten Morgen lieferte Feinfeldt sein Werk bei seinen Auftraggebern ab. Noch vor Morgengrauen, bevor die Sonne die ersten Strahlen über den Horizont schickte, traf er in der Fabrik ein. Florian war erfreut, ihn wiederzusehen. Der Junge wirkte verändert: gelöster und selbstbewußter. Stolz zeigte er ihm sein erstes Werkstück, das ihm gelungen war, einen handtellergroßen, unregelmäßig geformten Schatten, der wie eine kleine Pfütze zu seinen Füßen lag. Dann aber bemerkte er Feinfeldts Ausbeute der vergangenen Nacht. Seine Augen weiteten sich, als er das sternengesprenkelte Mitternachtsblau von Feinfeldts Schatten sah. Der Schatten ruhte wie Brokat auf dem Boden, leicht bewegt von verborgener Kraft.

»So etwas will ich auch schaffen!«, entfuhr es dem Jungen. Feinfeldts Erwiderung würde er erst sehr viel später verstehen: »Überleg es dir gut, Junge, ob es das ist, was dir guttut, was dich glücklich macht. In Wirklichkeit macht es dich einsam, und das Einzige von Wert in deinem Leben gibst du weg …«

Tagtäglich hatte Feinfeldt mit eigenen Augen ansehen müssen, was mit den Kollegen passierte, die schon länger dabei waren: Gegen Ende eines Arbeitslebens waren sie verbraucht, kaum noch leistungsfähig, ausgelaugt und ausgezehrt. Sie hatten soviel Lebenskraft in die Herstellung der Schatten gesteckt, daß sie selber zu Schatten geworden waren. Sie alle hatten den Zeitpunkt abzuspringen verpaßt. Feinfeldt hoffte, daß ihm dieses Los erspart bliebe.

Und er konnte nicht anders, er ließ sein Meisterwerk nach der Abtrennung nicht mehr aus den Augen, verfolgte wachsam seinen Weg ins Lager, kannte die Chargennummer und wußte, wohin die Schattenlieferung ging. Im Schaufenster des Schattenverkäufers prangte der altbekannte Werbeslogan: »Gönnen Sie sich einen eigenen Schatten – für ein glückliches, erfülltes Leben!«

In den Laden spähend, beobachtete Feinfeldt die Anproben der Kundschaft. Die Schatten blieben, einmal vom Erzeuger getrennt, nicht lange lebendig, waren hochverderbliche Ware, die rasch einen neuen Besitzer brauchte. Den zu finden war eine heikle Angelegenheit. Behutsam probierten die Kunden die Schatten aus, fühlten sich in sie hinein, lauschten auf die Regungen, die sie von ihnen empfingen, achteten auf ein Echo, einen Gleichklang. Die Schatten selbst hefteten sich immer gierig an jeden Interessenten, schmiegten sich eng an, als suchten sie nach einem rettenden Halt, nach einer neuen Heimat, hungrig wie ein Neugeborenes nach der nährenden Mutterbrust. Aber so drängend die Sehnsucht der Schatten war, so heftig war auch oft die Abstoßung. Dann war die Verbindung nicht stabil, und nicht selten fiel der Schatten von dem Kunden ab wie ein welkes Blatt, rollte sich schlaff zu seinen Füßen zusammen. Rasch wurde er wieder verstaut, und der Verkäufer brachte ein neues Exemplar, das er dem schattenlosen Interessenten anbot. Feinfeldts Herz schlug ihm bis zum Hals, als er schließlich darin sein Meisterwerk erkannte. Es versetzte ihm einen Stich, als sich der Schatten wie selbstverständlich anschmiegte und mit dem Käufer verschmolz, als hätte er schon immer zu ihm gehört.

Nachdem der Kunde gegangen war, betrat Feinfeldt den Laden. Ein Vorwand, dem Händler Name und Adresse des Käufers zu entlocken, fand sich schnell. Er käme im Auftrag der Fabrik, es gäbe eine Rückrufaktion wegen eines Produktionsfehlers, die Sache wäre heikel und von höchster Dringlichkeit. Man glaubte ihm, zumal er unschwer als Schattenmacher zu erkennen war.

Er fand den neuen Besitzer seines Schattens auf einer rauschenden Zusammenkunft wieder, mit der er und andere Schattenträger das Ereignis feierten. Sie bewegten sich unter Kristalleuchtern, die hell strahlten und dafür sorgten, daß die frisch erworbenen Schatten bestens zur Geltung kamen. Sie drehten sich überschwenglich in ausgelassenen Tänzen, schickten die wirbelnden Schatten über die Wände des Ballsaals und ließen ein Lachen aus tiefster Seele erklingen. Es war offensichtlich, diese Menschen waren glücklich. Ihr Glück kam der Hochstimmung nahe, die Feinfeldt verspürte, wenn er am Ende eines Tages einen neuen Schatten vollendet hatte.

Die Einweihungsfeier ging zu Ende. Der neue Besitzer des Schattens hatte sich von anderen Gästen, mit denen er ein Taxi geteilt hatte, getrennt und strebte durch einen beleuchteten Park heimwärts. Feinfeldt hatte Gelegenheit, das natürliche Gebaren seines Schattens zu bewundern, wie er sich zusammenzog, wenn der Davoneilende sich einer Laterne näherte, an ihn herankroch und für einen kurzen Moment verschwand, um beim nächsten Schritt aus dem Lichtkegel hinaus erneut hervorzuschießen und sich vor ihm auszustrecken, wie er sich mit jedem weiteren Meter auf dem Weg in die Länge dehnte, vorauseilte, wie er sich dann verdoppelte und im Rücken des Mannes anwuchs, während der sich rasch der nächsten Laterne näherte. In der Mitte zwischen beiden Lichtquellen tauchte für einen Augenblick ein symmetrischer Schattenwurf von zwei identischen Halbschatten auf, einer vor ihm, einer hinter ihm.

Am Ausgang des Parks stellte Feinfeldt den neuen Besitzer. Der Griff der schweren Ledertasche, in der sich die Gerätschaften zum Ablösen des Schattens befanden, entglitt seiner schweißfeuchten Hand. Feinfeldt stieß den anderen zu Boden. Der wehrte sich gegen die Injektion, die die Abtrennung einleiten sollte. Dann mußte es ohne sie gehen, entschied Feinfeldt grimmig, er hatte nicht viel Zeit und fürchtete, jeden Moment entdeckt zu werden. Der andere rollte zur Seite, der Schatten folgte ihm geschmeidig, und beide rappelten sich auf und drohten zu entkommen. Im letzten Moment bekam Feinfeldt den Saum des Schattens zu fassen. In der Schrecksekunde des Wiedererkennens stockte jede Bewegung. Der Schatten erinnerte sich, die Verwirrung lähmte ihn. Er zog an dem neuen Besitzer, der erneut in die Knie ging. Der Stoff bebte wie elektrisiert in Feinfeldts eisernem Griff. Feinfeldt bot alles auf, was er an Kraft sammeln konnte. Mit dem Schrei von Seide riß der Schatten und fiel von seinem Träger ab.

In seinem Versteck, einem Hotelzimmer außerhalb der Stadt, untersuchte Feinfeldt den Schaden. Der allergrößte Teil des Schattens war unversehrt geblieben, nur an der zerfaserten Kante sah es übel aus. Jetzt galt es, den Schatten rasch zu integrieren, damit eine funktionierende Verbindung hergestellt wurde, bevor das Gewebe abstarb. Mithilfe des Instrumentariums operierte er so gut, wie es unter den Umständen möglich war, und fiel in einen erschöpften Schlaf. Wie eine ausgerollte Matte lag der Schatten unter ihm, verdunkelte die Bilder, die doch seinen Schlaf hüten sollten, und bereitete ihm Alpträume.

In den Tagen, die folgten, hörte die genähte Stelle nicht auf zu schmerzen. Der Schatten wollte nicht wieder recht anwachsen. So irritierend es war, Feinfeldts Körper versuchte, ihn abzustoßen, aber Feinfeldt hatte kaum einen Moment Ruhe, mit Medikamenten und Pflege etwas dagegen zu unternehmen.

Feinfeldt lag vom Fieberdelirium aufs Bett gestreckt, als er hörte, wie der Schatten zu ihm sprach: »Die Vorräte gehen aus«, schien der Schatten zu sagen. »Ich kümmere mich darum.« Die Stimme war nicht menschlich. Sie klang ein wenig wie das Knistern des Tonabnehmers in der Leerrille am Ende einer Schallplatte, und es dauerte eine Weile, bis Feinfeldt aus dem Knistern und Rauschen einzelne Silben heraushören konnte. Es war das erste Mal, daß er diese Stimme hörte, wie es überhaupt das erste Mal war, daß ein Schatten das Wort an einen Menschen richtete. Feinfeldt wälzte sich im Fieberwahn herum.

Er wußte nicht, wo sich der Schatten nachts herumtrieb, wenn er ihn alleine ließ. Er konnte es nur ahnen, wenn der Schatten vollgepackt von seinen Beutezügen zurückkehrte. Dann stellte er sich vor, wie der Schatten über Häuserwände glitt, in Wohnungen eindrang, indem er wie eine dünne schwarze Flut von der Fensterbank zu Boden rann, sich in fremden Zimmern aufrichtete, durch Flure schlich und die Vorratskammern plünderte.

Aus den Nachrichten erfuhr Feinfeldt, dass der Mann, dem der Schatten geraubt worden war, den Überfall nicht überlebt habe. Er erinnerte sich, dass ein frostiger Luftstoß der Wunde entwichen war, als er den Schatten seinem neuen Besitzer entrissen hatte, und da stand fest, mit ihm hatte der Mann sein Leben ausgehaucht. Jetzt suchte man Feinfeldt nicht nur als Schattendieb, sondern auch als Mörder.

Die Flucht trieb sie durchs ganze Land, über die Grenze und weiter rund um den Globus, mit den Verfolgern immer dicht auf den Fersen. Feinfeldt wußte nicht mehr, was er tat, er handelte wie im Traum. Jetzt war es der Schatten, der die Wunde versorgte, oder bildete sich Feinfeldt das nur ein?

Die Absteigen, in denen sie sich versteckten, waren eine wie die andere.

»Sie sind uns auf die Schliche gekommen!«

Der Schatten hatte neben einem Fenster Stellung bezogen und spähte durch den Vorhangspalt auf den Vorplatz. Feinfeldt wollte sich vom Krankenlager hochkämpfen, aber der Schatten hielt ihn zurück. Sein schwarzer Griff lastete schwer wie eine Fuhre Kohle auf Feinfeldts Brust. »Ich kümmere mich darum«, fauchte er. Er glitt über den Boden zur Tür und schlüpfte nach draußen.

Es war nur ein Detail, so unbedeutend, daß es Feinfeldt fast entgangen wäre, aber als er zur Küchenzeile hinüberschaute, fiel ihm auf, daß das größte der Messer, die in Reih und Glied über der Spüle hingen, keinen Schatten warf. Oh ja, bestimmt hatte es einen Schatten geworfen, wie fast jedes Ding auf dieser Welt, aber diesmal war der Schatten nicht an Ort und Stelle, nicht dort, wo er sein sollte. Entsetzt machte Feinfeldt sich klar, daß *sein* Schatten den *Messer*schatten an sich genommen haben mußte und gerade dabei war, solcherart bewaffnet auf die Verfolger loszugehen.

Von draußen drang Stimmengewirr herein, man hörte Warnrufe und Flüche, ein Geräusch wie von Peitschenhieben, die die Luft durchschnitten. Schüsse fielen. Hunde bellten, jaulten auf und verstummten. Danach lastende Stille. Der Schatten huschte ins Zimmer zurück. »Wir brauchen ein neues Versteck«, raschelte er. »Ich kümmere mich darum.«

Die Schatten der Hundekadaver verharrten reglos, als sie sich gemeinsam durch das Spalier des hingemetzelten Suchtrupps schleppten. Feinfeldt war zu benommen, um den Ort zu erkennen, an dem sie schließlich Zuflucht fanden. In Fieberträumen sah er sich in Platons Grotte liegen, während an der Wand ein Schattenspiel von den Geheimnissen der Welt Zeugnis ablegte. Irgendwann glaubte er sogar selbst über die buckligen Felswände zu gleiten, in einer neuen Verkörperung seines Daseins.

Ein Leben *mit* Schatten hatte sich, wie er in einem klaren Moment erkannte, als seltsamer erwiesen als eines ohne.

Aufwachen

Leise, um seine Frau nicht zu wecken, stand der Mann auf und tastete sich ohne Licht zu machen zur Tür. Der Mond starrte wie ein blindes weißes Auge durch das Fenster, und sein kühler Blick verwandelte das Zimmer in einen Holzstich, mit grob geschnitzten Flächen, die Möbel, Wände und Bilder darstellen sollten.

Im Bad erleicherte er sich im Dunkeln und verweilte noch, um in die Nacht hinauszuschauen. Die Fenster in der Nachbarschaft waren schwarz, aber plötzlich flammten nach und nach Lichter auf, während hier und da in den Wohnungen Telefongeläut ertönte. Das Klingeln verstummte eins nach dem anderen, und nach einer Weile erloschen auch die Lichter in den Fenstern wieder. Er dachte sich nichts dabei, erst als er wieder zurück unter die Bettdecke gekrochen war und das eigene Telefon auf seinem Nachttisch zu Leben erwachte, kam es ihm merkwürdig vor.

Sie hatten den Apparat neben dem Ehebett aufgestellt, nur für alle Fälle. Selten wurde er für eine Plauderei, für Glückwünsche oder Urlaubsgrüße verwendet. Meistens schwieg er. Wenn er sich meldete, gab es einen triftigen Grund, und das war gewiß kein guter, schon gar nicht mitten in der Nacht. Das Telefon war der Überbringer schlechter Nachrichten. Daran mußte er denken, als er nach dem Hörer griff.

»Ja … bitte?«

In der schwarzweißen Stille der Nacht klang seine Stimme, wie er selber bemerkte, heiser, atemlos und angsterfüllt. Wie von sehr weit weg drangen Worte an sein Ohr, sie hörten sich an wie der Wind, der ums Haus strich und nach einem Durchlass suchte.

»Hilfe …«, machte es, sehr schwach. »Hilfe!«

Er beugte sich tiefer über den Apparat, als könnte er so besser hören. »Wer spricht da?« Er schirmte die Muschel mit der hohlen Hand ab und warf einen Blick über die Schulter. Seine Frau schlief tief und fest, die nächtliche Störung hatte sie nicht geweckt.

»… aufwachen!« Nach diesem einen Wort wurde aufgelegt. Verwirrt hielt er inne. Wer mochte das gewesen sein? Die Stimme hatte vage vertraut geklungen, wenngleich das bei der schlechten Verbindung nicht gut zu beurteilen gewesen war. Er ging in Gedanken die Liste der möglichen Anrufer durch – Freunde, Verwandte, Nachbarn, Kollegen, die in einer Notlage seines Beistands bedürfen mochten, aber ihm fiel niemand ein. In einer langen Polonaise zogen Fratzen an seinem inneren Auge vorbei, frech grinsend, eine endlos lange, schaukelnde Reihe, die hinterm Horizont verschwand.

Daß er eingeschlafen war, merkte er, weil ihn das Telefon erneut weckte. Das Schrillen stieß ihn brutal aus dem Schlaf. Beharrlich und drängend klingelte das Telefon. Staub sprang von der Kommode, die Fensterscheibe vibrierte, und in der Nachttischschublade klickten zwei lose Dinge gegeneinander.

Der Mann richtete sich im Bett auf, und die Decke rutschte ihm von den Schultern. Kälte griff wie eine eisige Hand unter seinen Pyjama.

»Was wollen Sie?«

»… aufwachen …«, murmelte es aus dem Hörer, so leise, daß er nicht sicher war, überhaupt etwas gehört zu haben. Unverständliche Stimmen aus anderen Verbindungen mischten sich in die Leitung. In unwirklicher Ferne meinte er ein hysterisches Lachen zu vernehmen und die nüchterne Stimme eines Nachrichtensprechers, untermalt von etwas, das wie dumpfe Gewehrsalven klang. Ein Baby schrie.

»Wie kann ich helfen?« fragte er ungeduldig.

»… das viele Blut …«

»Was ist passiert? Wo befinden Sie sich?«

Wieder brach die Verbindung ab.

Der Mann vergewisserte sich mit einem raschen Seitenblick, daß seine Frau noch immer friedlich schlummerte. Im Mondlicht hob und senkte sich die Decke unter ihren gleichmäßigen Atemzügen.

Der Mann fiel in die Kissen zurück und versuchte, seinerseits zur Ruhe zu kommen. Solange der unbekannte Anrufer sich nicht zu erkennen gab und keine vernünftige Erklärung lieferte, mußte er annehmen, daß hier jemand ein übles Spiel mit ihm trieb.

Er wußte nicht, wieviel Zeit vergangen war, als er wieder zu sich kam. Noch immer umklammerte er den vergessenen Telefonhörer, der mit einem Tonnengewicht auf seiner Brust ruhte. Der Dauerton des Freizeichens summte wie ein endloser Tinnitus. Benommen legte er den Hörer auf die Gabel. Im selben Augenblick ertönte das Klingeln, noch bevor er die Hand zurückgezogen hatte. Jetzt war er hellwach. Er riß den Hörer ans Ohr. Das Bild des Zimmers tanzte wie eine Doppelbelichtung vor seinen Augen, als würde er schielen. »Hören Sie auf anzurufen!« zischte er. »Sie wecken am Ende noch meine Frau!«

Er wandte den Kopf. Ein schmaler Lichtstreif lag auf ihrem Gesicht. Erleichtert sah er, daß sie noch immer schlief. Lebhafte Träume, erkennbar an den rollenden Augen hinter geschlossenen Lidern, hielten sie in ihrem Reich gefangen.

Allmählich kam ihm die ganze Geschichte selber wie ein Alptraum vor. Daß er aber bei Bewußtsein war und keineswegs träumte, daran ließ der Störenfried keinen Zweifel.

»Die Schmerzen!« stöhnte die Stimme aus dem Hörer. »Du mußt aufwachen!«

Welch absurde Aufforderung. »Aber ich bin ja wach«, versetzte der Mann verärgert, »und zwar dank Ihnen. Lassen Sie es sein! Rufen Sie nicht mehr an!«

Wie um zu beweisen, daß es ihm ernst war, zerrte der Mann an der Telefonschnur, bis sich der Stecker aus der Wand löste. Die Leitung war tot. Endlich Ruhe! Er rollte sich im Bett auf die Seite. Mit etwas Glück würde er für den Rest der Nacht noch etwas Schlaf finden.

Im Morgengrauen verblaßten die Schatten. Der Mond war längst untergegangen, als der Mann die Augen aufschlug.

»Was für eine Nacht!« gähnte er. »Dieser verrückte Quälgeist. Eine Unverschämtheit! Wer das wohl gewesen ist?« Er streckte die müden Glieder. »Sei froh, daß *du* davon nichts mitbekommen hast …« Er sah zur Seite, sein Blick fiel auf den Deckenberg neben ihm. »Schläfst ja wie eine Tote!«

Und genauso fühlte sich auch ihre Schulter an, als der Mann versuchte, seine Frau wachzurütteln – eisig und wächsern. Entsetzt beugte er sich über sie. Er hörte ihren Atem nicht mehr. Jetzt war sie so still wie der Telefonapparat, den er zum Schweigen gebracht hatte.

Durch den Magen

Die beiden Schiffe lagen längsseits, aber obwohl der Käpt'n den Funkspruch auf wechselnden Frequenzen wiederholen ließ, blieben die Aliens eine Antwort schuldig. Sie redeten einfach nicht mit den Menschen.

»Was sagen Sie dazu?« fragte der Käpt'n den Exosemiologen Zarthek, den er für die erste Kontaktaufnahme auf die Brücke geholt hatte. Zarthek kaute auf seinem Schnurrbart und fixierte nachdenklich den Schiffsmonitor, der das stumme Alienschiff in seiner ganzen Pracht zeigte. Es sah aus wie eine gigantische Spreewaldgurke, und Zarthek fragte sich unwillkürlich, wie damit interstellare Reisen möglich sein sollten. Aber was wußte er schon? Schließlich war er Semiologe, kein Raketentechniker. »Zwei Möglichkeiten«, hob er bedächtig an. »Entweder sind die Aliens taub« – er machte eine Kunstpause – »oder stumm.«

Der Käpt'n schnaufte. »Großartig! Es ist immer gut, einen Experten an Bord zu haben, der einem die Welt erklärt …«

Zarthek zog die Augenbrauen zusammen. »Es ist nicht so simpel, wie es sich anhört. Vermutlich benutzen sie eine völlig andersartige Kommunikationsform. Etwas so Fremdes, daß wir es gar nicht als Sprache erkennen.« Er funkelte den Käpt'n verärgert an. »Dann sind wir es, die taub sind. Und stumm.«

Aber der Käpt'n hatte gar kein Ohr mehr für seine Replik. Er hob witternd den Kopf. »Riechen Sie das?«

Wie aufs Stichwort war der Duft von Pellkartoffeln durch den Kommandostand gezogen.

Der Käpt'n schaltete das Interkom ein, auf dem Display erschien das Gesicht der Köchin, Spitzname *Madame Bocuse*. Sie strich sich gerade eine Haarsträhne aus dem Gesicht.

»Was gibt's, Käpt'n?«

»Küchengerüche auf der Brücke!«

»Ich verstehe nicht.«

»Vielleicht irgendeine Fehlfunktion in der Umluftanlage? Es riecht hier plötzlich nach …« Er atmete tief ein. »… nach gedünstetem Kohl.«

Während der Käpt'n noch mit der Kombüse den Speiseplan erörterte, um der Geruchsquelle auf die Spur zu kommen, hatte sich Zarthek der Funkanlage genähert. Er verharrte einige Augenblicke, schnüffelte und wandte sich dann kopfschüttelnd um. Der Duftstrom trug jetzt eine Note von Cumarin, es roch wie eine frisch gemähte Wiese.

»Der Geruch stammt nicht von Bord. Ich weiß nicht, wie sie es gemacht haben, aber …« Zarthek zögerte. »Offenbar haben die Aliens uns eine olfaktorische Nachricht geschickt!«

»Schauen Sie nur!« rief der Käpt'n und wies auf den Breitwandmonitor. Dort tat sich etwas. Nach einer Weile der Starre schien das Alienschiff aus seinem Dornröschenschlaf zu erwachen. Eine Luke öffnete sich und senkte sich als Rampe herab. Zwei kleine graue Figuren tauchten auf der Plattform auf. Sie waren von zylindrischer Gestalt und bewegten sich auf Tentakeln. Mit den Gliedmaßen, die frei waren, boten sie etwas dar, was entfernt an ein Konditoreiprodukt erinnerte.

»Statt vieler Worte eine Torte«, murmelte Zarthek vor sich hin.

»Wie bitte?« sagte der Käpt'n.

»Äh … das, das sieht aus wie … wie eine Einladung zum Essen«, sagte Zarthek aufs Geratewohl. Es war die einzige Erklärung, die ihm spontan einfiel.

»Wenn das so ist!« Der Käpt'n lachte erleichtert auf. »Vielleicht der Beginn einer wunderbaren Freundschaft. Liebe geht immerhin auch durch den Magen!«

Die Delegation der Menschen, bestehend aus dem Käpt'n, Zarthek und zwei weiteren Crewmitgliedern, wurde von den beiden Aliens, deren Tentakel beständig durch die Luft ruderten, in eine Art Empfangsraum geleitet. Als wüßte man bereits, mit wem man es zu tun hatte, war dort alles zur Annehmlichkeit der menschlichen Gäste vorbereitet. An der Tafel, die den Großteil des Raums einnahm, gab es sogar Stühle, die auch für die menschliche Anatomie bequem waren. Der Käpt'n ließ sich ächzend auf einem davon nieder, seine Gala-Uniform spannte etwas an den Knöpfen.

»Ich hab gehört, diese Aliens haben doch immer eine überlegene Technik, oder?« tuschelte er Zarthek zu. »Da gibt es doch bestimmt so was wie einen Telepathikus, einen Universalübersetzer oder einen Babelfisch fürs Ohr, richtig?«

»Darauf würde ich mich nicht verlassen. Wahrscheinlicher ist, dass wir uns ohne Hilfsmittel auf ihre Sprache einstellen müssen.«

Der Käpt'n klopfte Zarthek auf die Schulter. »Sie machen das schon ...«

Aber das Aufzeichnungsgerät, das Zarthek für die Sprachstudien mitgebracht hatte, erwies sich rasch als überflüssig. Die Aliens waren stumm und blieben es auch. Wie sich zeigte, konnten sie gar nicht sprechen, jedenfalls nicht per akustischer Signale, denn dazu fehlten ihnen passende Organe, mit denen sie Laute hätten erzeugen können. Sie besaßen nicht einmal annähernd humanoide Gesichter. Auf ihren zylindrischen Körpern thronte ein einziges, großes Facettenauge, das ihnen offenbar einen Rundumblick erlaubte und in dem sich die winzigen Abbilder ihrer Gäste kaleidoskopartig spiegelten.

Auf der Tafel zwischen der menschlichen Abordnung und den fremden Gastgebern drängte sich eine unüberschaubare Ansammlung aus Schälchen, angefüllt mit breiartigen, dickflüssigen und pulverförmigen Substanzen.

Niemand rührte sich, die Aliens schienen auf etwas zu warten. Endlich öffnete sich eine Tür in der hinteren Wand, und ein drittes Alien, etwas größer als die anderen und im Gegensatz zu ihnen mit einem rosigen Schimmer überhaucht, schwebte herein und platzierte sich zwischen den beiden anderen, die sogleich damit begannen, einzelne Schälchen herüberzuschieben.

Wie zur Aufforderung tunkten sie selber ihre Tentakel in die Soßen und beschmierten damit die große Membran, die sich unterhalb des Facettenauges befand. Die Speisen wurden von den Membranen osmotisch aufgenommen, sie versickerten in Sekundenschnelle.

Da fackelte der Käpt'n nicht lange. Gierig griff er zu und probierte von den angebotenen Speisen. Der Wissenschaftsoffizier füllte eine Probe in ein Reagenzglas, das er in einen Analysator steckte, während der Erste Offizier damit beschäftigt war, die Begegnung mit einer kleinen Kamera aufzuzeichnen.

»Vielleicht sollten Sie ein wenig vorsichtiger ...«, setzte Zarthek an, aber der Käpt'n hielt ihm schon den ersten Napf hin und sagte mit vollem Mund: »Stellen Sie sich nicht so an! Das schmeckt köstlich.«

»Soweit ich das sagen kann: unbedenklich«, meldete der Bordchemiker.

»Sehen Sie! Na, los doch, wir dürfen unsere Gastgeber nicht brüskieren.«

Zarthek beugte sich seiner Pflicht und schloß sich dem Käpt'n an. Unbedenklichkeit hin oder her, bald brannte Zartheks Gaumen von den vielen exotischen Gewürzen, die das ganze Repertoire der Geschmacksrichtungen bereithielten, süß, sauer, bitter, salzig – und noch einige mehr, denen er noch nie in seinem Leben begegnet war. Zarthek mußte aufstoßen. Zurück in seiner Kabine, würde er eine Handvoll Kaisernatron benötigen, um des Aufruhrs in seinem Magen Herr zu werden.

Unterdessen ließ der Käpt'n alle Hemmungen fallen und fuhr unverdrossen fort, die kleinen Snacks zu vertilgen.

»Dieser Eintopf ist ein Gedicht!« verkündete er und streckte die Hand mit der leeren Schüssel aus. »Ich hätte gern noch eine Strophe!«

Ein Tentakel schnellte vor und nahm die Schüssel entgegen – Nachschlag gab es allerdings nicht. Offenkundig waren die Aliens gar nicht zufrieden damit, wie die Gäste sich über die Kulinarien hermachten, und geboten der Beköstigung Einhalt. Plötzlich lag eine atmosphärische Spannung über der Zusammenkunft. Zarthek geriet ins Schwitzen. Erwarteten die Aliens eine bestimmte Reaktion? Falls ja, mußten sie enttäuscht werden. Selbst wenn der Käpt'n und sein Gefolge so etwas wie eine Restaurantkritik gebracht hätten, wäre die nicht auf offene – oder auch nur verständige – Ohren gestoßen. Denn die gab es nicht. Ehe man sich's versah, war die Tafel abgeräumt.

»Ich bin noch nicht fertig!« protestierte der Käpt'n. Aus dem Gewölbe hinter der straffen Gala-Uniform ertönte ein hungriges Knurren. Es wurde nicht erhört.

»Das ist ja gründlich schiefgegangen. Irgendwelche Vorschläge?« Der Käpt'n trommelte mit den Fingern auf dem Tisch. Er hatte die Mitglieder der Delegation zu einer Krisensitzung zusammengerufen. Seit Tagen herrschte wieder Funkstille zwischen der Besatzung des Alienschiffes und den Menschen. Der Versuch eines Erstkontakts mußte vorerst als gescheitert gelten.

Zarthek meldete sich. »Ich habe mir die Aufzeichnungen nochmals genau angesehen. Fangen wir an mit dem Begrüßungskomitee …«

Auf dem Bildschirm erschienen die zwei Aliens, wie sie mit der Einladungstorte auf der Rampe standen. »Die Aufforderung, an Bord zu kommen, haben wir wohl richtig verstanden«, sagte Zarthek. »Aber niemand hat auf die Gürtel geachtet, die sie umgeschnallt hatten.«

Der Käpt'n und die anderen beugten sie vor.

»Sieht aus wie ein Patronengürtel. Mit kleinen, gefüllten Fläschchen, als wären die zwei auf dem Weg zu einem Barbecue.«

Zarthek nickte eifrig. »Und jetzt passen Sie mal auf!« Er schaltete die Aufnahme um in Zeitlupe. Man sah, wie die Aliens die Tentakelspitzen in die Fläschchen tunkten und ihrem Begleiter damit an die Seite tippten, mehrfach und aus wechselnden Quellen. Zarthek hielt den Film an. Der Käpt'n war ratlos.

»Was schließen Sie daraus?« fragte der Erste Offizier.

Zarthek lehnte sich in seinem Sessel zurück. »Was wir da sehen, ist Kommunikation. Die Aliens kommunizieren miteinander.«

»Ich wüßte nicht …«

»… und zwar, indem sie sich aromatisierte Substanzen auf die kleineren Membranen tupfen, von denen sich auch welche an der Körperseite befinden.«

Dem Käpt'n ging ein Licht auf. »Dann waren die Schälchen, die uns angeboten wurden, so etwas wie eine Botschaft.« Er hieb mit der flachen Hand auf den Tisch. »Und wir haben sie nicht verstanden!«

Zarthek seufzte. »Kein Wunder, daß die Zusammenkunft so schnell beendet war.«

»Dann wissen Sie ja, was zu tun ist«, brummte der Käpt'n. »Entschlüsseln Sie ihre Sprache und setzen Sie eine Rede auf, die ich den Aliens vortragen werde!«

»Ich bin Semiologe, kein Koch«, maulte Zarthek.

»Dann tun Sie sich gefälligst mit Madama Bocuse zusammen, die soll Ihnen bei der Zubereitung zur Hand gehen. Außerdem weiß sie am besten, wie wir an die passenden Zutaten kommen. Ich erwarte schnelle Ergebnisse!«

Zarthek kraulte sich den Bart. »Das könnte aber dauern. Eine fremde Sprache von null an zu dechiffrieren ist komplex. Außerdem sind wir auf die Kooperation der Aliens angewiesen, die sie uns beibringen müssen.«

Tage später fing der Käpt'n den Exosemiologen an der Luftschleuse ab, als der gerade vom Alienschiff zurückkehrte.

»Zarthek, wo treiben Sie sich rum!« rief er. »Hab' Sie ewig nicht mehr zu Gesicht bekommen.«

»Sprachstudien«, entgegnete Zarthek zerstreut. Küchendünste umwaberten ihn. »Ich muß den einzelnen Geschmacksrichtungen die korrekte Bedeutung zuweisen. Es kommt nicht nur auf die jeweilige Speise selbst an, sondern auch auf das richtige Mischungsverhältnis der Zutaten. Knifflige Sache!«

»Schon klar. Aber denken Sie an meine Rede.«

Zarthek schwenkte eine eselsohrige, vor Fettflecken strotzende Kladde. »Bald sind wir soweit!« sagte er vollmundig. Und er hatte keineswegs zuviel versprochen. Das entschlüsselte Vokabular war schließlich so umfangreich, dass es für eine kleine Ansprache reichen würde. Aber noch war man nicht am Ziel, es galt eine weitere Hürde zu meistern. Zuvor musste Zarthek den Käpt'n in die Sprache einführen, ihn in dem korrekten Gebrauch der Grammatik unterweisen und mit rhetorischen Besonderheiten vertraut machen. Sie übten in der Kombüse. Der Käpt'n stand vor einer Auswahl von Schälchen und räusperte sich.

»Also gut, womit fange ich an?«

»Nehmen Sie zuerst das Honigmöhrenpüree.«

Der Käpt'n tat wie geheißen, wählte dann ein Schälchen mit Avocadocreme – und geriet ins Stocken. »Jetzt diese hier?«

»Nein, es muß die Lachspaste sein.«

»Natürlich, wie dumm von mir.«

»Denken Sie auch an eine persönliche Ansprache, ganz wichtig! Hier haben wir die Namen der Aliens, die sich um den diplomatischen Kontakt kümmern. Das ist die Botschafterin, Leiterin der Delegation.« Zarthek wies auf ein Buttercremetörtchen mit Heringsaroma. »Und hier haben wir ihre beiden Begleiter, zwei männliche Vertreter: ein Bananen_ smoothie und ein Kiwismoothie. Höflichkeitsfloskeln ergänzen Sie, indem sie diese – oder diese – Kräutermischungen hinzufügen.«

»Gut zu wissen! Und weiter im Text.« Der Käpt'n hantierte mit Lauchzwiebelmus und Karamellsoße, wollte zur nächsten Schale greifen, als Zarthek unterbrach: »Obacht, Käpt'n, Sie dürfen auf keinen Fall Subjekt und Objekt eines Satzes verwechseln«. Er schob die Schale mit Tandurri-Blumenkohl nach links und das Gaspacho nach rechts. »Und Passivkonstruktionen lassen wir fürs erste ganz weg. Wir beschränken uns auf reines Aktiv.« Er stellte ein Schälchen mit Zuckerrübenraspeln an die Seite. »Gefährlich sind auch doppelte Verneinungen. Führt nur zu Mißverständnissen.« Er schüttelte den Kopf. »Fahren Sie fort!«

So kämpften sie sich durch die einzelnen Sätze, bis die Rede halbwegs saß. Jetzt konnten sie den Fremden erneut gegenübertreten. Ein menschliches Empfangskomitee erwartete die Alien-Abordnung schon bald zum Gegenbesuch in der Schiffsmesse.

»Hoffentlich macht der Käpt'n nichts verkehrt. Am Ende erklärt er ihnen noch aus Versehen den Krieg, und wir werden angegriffen.«

»Dann schießen wir eben mit der Gulaschkanone zurück.«

»Sehr witzig …«

»Ruhe, sie kommen!«

Das Trio, das sie schon vom ersten Treffen kannten, rauschte in die Messe, wiederum angeführt von der rosig überhauchten Botschafterin. Der Käpt'n wies ihnen die Plätze zu und trat an die zusammengeschobenen Tische, die sich unter der Last der Speisen bogen.

Atemlos verfolgte die Crew, wie ihr Käpt'n selbstgewiss wie ein aldebaranischer Hütchenspieler auf einer intergalaktischen Kirmes die Schälchen hin- und herschob. Nach anfänglichem Zögern waren die Aliens ganz bei der Sache, sie fraßen ihm förmlich die Worte aus der Hand. Er präsentierte ihnen die Speisen in der festgelegten Reihenfolge, und Tentakel sausten herab, wurden eingetunkt und zur Membran geführt, und die Delikatessen wurden unter Schmatzen und Schlürfen absorbiert.

Alles schien nach Plan zu laufen, bis plötzlich die Botschafterin zur Salzsäule erstarrte und ihre Tentakel zitternd auf dem Tisch ruhen ließ. Sie hatte die Nahrungsaufnahme ohne erkennbaren Grund unterbrochen, und bei Zarthek schrillten alle Alarmglocken. In den Facetten ihres optischen Organs spiegelte sich nur noch ein Bild – das des Käpt'ns, der munter und blind für seine Umgebung die Rede hielt.

Nachdem seine Ansprache zu Ende war, drehte sich der Käpt'n grinsend zu seinen Leuten um. »Na, wie war ich?«

Doch bevor er eine Antwort erhielt, machte eins der Aliens einen Satz über die gedeckten Tische und schnellte auf ihn zu. Blitzschnell stülpte es ein energetisches Gitter, das aussah wie ein Einkaufsnetz aus Glühfäden, über den Käpt'n. Mit dem Bündel im Schlepp hasteten die Aliens tentakelwedelnd zur Luftschleuse. Der Lichtblitz ihres Hyperraumantriebs war das Letzte, was die menschliche Crew, die ihnen bis zum Dock gefolgt war, von ihnen zu sehen bekam.

Zarthek war blaß geworden. »Was haben Sie in die Chimichurri getan?« blaffte er Madame Bocuse an.

»Drei Blatt Koriander?« entgegnete die Schiffsköchin unsicher. Zarthek schlug sich an die Stirn.

»Um Himmels Willen, es hätte Petersilie sein müssen. Das verfälscht die Aussage total!«

»Ich bin Köchin, keine Sprachwissenschaftlerin!« vermeldete Bocuse spitz.

»Wunderbar, das haben Sie ja prima hingekriegt. Einmal mit Profis!«

»Und was bedeutete das Ganze denn nun in Wirklichkeit? Welche Botschaft haben die Aliens vom Käpt'n erhalten?« wollte der erste Offizier wissen.

»Der genaue Wortlaut? Augenblick …«

Zarthek zog die fleckenübersäte Kladde zu Rate. Endlich fand er, was er suchte. *»Ich will Sie heiraten und den Rest meines Lebens mit Ihnen auf Ihrem Heimatplaneten verbringen!«* zitierte er.

»Er hat der Botschafterin einen Heiratsantrag gemacht?«

Zarthek zuckte die Schultern. »Sieht so aus. Und was wir eben gesehen haben, gehörte wohl zum Hochzeitsritual der Aliens.«

Der erste Offizier war sprachlos. Endlich fand er seine Worte wieder. »Wir müssen ihnen nach, den Käpt'n retten!« schrie er.

Zarthek winkte ab. »Vergessen Sie's, die fliegen mit Überlichtgeschwindigkeit. Die holen wir nie mehr ein.«

»Da ist der Käpt'n aber ganz schön ins Fettnäpfchen getreten …«

»Er wird schon noch auf den Geschmack kommen …«

»Ich habe eure Kalauer so satt!«

Die Crew schaute betroffen zu Boden, Schweigen machte sich breit.

»Warum riecht es hier plötzlich nach Frikadellen?« fragte einer.

»Verschonen Sie mich!« stöhnte die Schiffsköchin. Ihr Gesicht war so käsig, als wollte sie sich gleich übergeben.

»Nein, wirklich …«

Zarthek bückte sich und hob ein Blatt Papier auf. Er schnüffelte daran und reichte es dem ersten Offizier.

»Was ist das?«

»Ein letzter Gruß unserer Besucher.«

»Und der wäre?«

»Die Quittung für den Käpt'n«, sagte Zarthek.

Allein zu Haus

Die alte Dame fühlte sich eigenartig, irgendwie verkehrt, als hätte sie jemand während eines Nickerchen auseinandergenommen und falsch wieder zusammengesetzt. Nichts schien richtig zu passen.

Sie blieb in der Tür zum Wohnzimmer stehen und warf, die Stirn gerunzelt, einen Blick auf die Festgesellschaft. Die Gesichter, die sich ihr zuwandten, nahm sie nur als leere Flecken wahr. Wo hatte sie bloß ihre Brille gelassen? Sie musste sich um ihre Gäste kümmern und hätte dabei etwas Unterstützung gebrauchen können, aber ihre Kinder waren mal wieder verschwunden, nichts als Ratschläge und Ermahnungen hinterlassend, die sie schon im selben Moment, als sie sie hörte, wieder vergessen hatte, . Die alte Dame zog sich zurück und verharrte blinzelnd, holte tief Luft. Sie hatte in die Küche gehen wollen, aber hier war sie falsch. Ratlos sah sie sich um. Das allerdings war neu: Es war das erste Mal, dass sie sich in den eigenen vier Wänden verlaufen hatte. Argwöhnisch betrachtete sie den Raum, als hätte der sich ihr mutwillig in den Weg geschoben. Das Schlafzimmer lag still und aufgeräumt vor ihr, das frisch bezogene Bett und die sauberen Teppiche links und rechts wirkten streng und abweisend, als nähmen sie es ihr übel, dass sie zu einer unpassenden Tageszeit hier auftauchte. *Es gibt so viel zu tun, aber wir können dir nicht helfen, sieh zu, wie du alleine zurechtkommst!* Das Zyklopenauge des Wecker auf dem Nachttisch erwiderte ihren Blick, die Zeiger zu einem höhnischen Grinsen verzogen – es musste zehn nach zehn sein, nein, unmöglich: wohl eher zehn vor zwei.

Die alte Dame trat den Rückzug an. Auf dem Flur immer noch das gleiche Gedränge. Wie kamen nur all die Leute in ihre Wohnung? Fand hier eine Familienfeier statt, und sie hatte nur vergessen, dass sie selber dazu eingeladen hatte? Zuzutrauen wäre es ihr ja, gestand sie sich ein, denn ihr Gedächtnis ließ sie in letzter Zeit bei den banalsten und selbstverständlichsten Dingen im Stich. Oder steckten ihre Kinder dahinter, die sie wieder einmal überraschen wollten? Wie oft hatte sie ihnen gesagt, dass sie solche Überraschungen ganz und gar nicht schätzte!

Die Küche tat harmlos, aber so leicht ließ sich die alte Dame nicht täuschen. Als ob sie nicht bemerkt hätte, dass hier nichts mehr an seinem Platz war! Die Wohnung war nicht bei der Sache, sie ließ sich gehen, konzentrierte sich nicht mehr richtig auf sie. Was für ein Durcheinander! Das Tablett befand sich nicht mehr oben auf dem Hängeschrank, sondern lehnte in der Lücke zwischen Herd und Anrichte. Die Tassen und Teller, die sie zusammenstellte, gehörten zu zwei verschiedenen Services, aber darauf konnte sie jetzt keine Rücksicht nehmen. Sie schob die Platte mit dem Kuchen auf das Tablett, stellte die Kaffeekanne dazu und balancierte die Last nach nebenan. Jedenfalls hatte sie das vorgehabt, aber entweder war sie mit leeren Händen ins Wohnzimmer gegangen oder aber das Tablett hatte sich unterwegs in Luft aufgelöst, und so stand sie wie eine Idiotin lächelnd vor ihren Gästen und wusste nicht mehr, was tun. Sie überspielte ihre Verlegenheit und nahm Zuflucht zu dem großen Buch, das sie – warum auch immer – gegen ihre Brust gedrückt hatte. »Darf ich Ihnen etwas zeigen?«, fragte sie tapfer. »Nur zum Zeitvertreib.«

Sie nahm neben ihren Besuchern auf dem Sofa Platz und legte das Buch, das aussah wie ein Fotoalbum, vor sich auf den niedrigen Tisch. Das Fotoalbum kam ihr wie gerufen, konnte sie doch nun mit Anekdoten aus ihrem langen, ereignisreichen Leben für Unterhaltung sorgen. Sie schlug das Album auf, und ein neuerlicher Schreck durchfuhr sie, als sie sah, dass die Seiten leer waren. All ihre Fotos, kostbarste Erinnerungen, waren verschwunden! Sie verengte die Augen, das musste eine Täuschung sein, vielleicht fehlte ihr nur die Brille. Und tatsächlich tauchten die Bilder allmählich wieder aus der weißen Leere auf, wie von Schnee bedeckte Kacheln, wenn es zu tauen begann. Geistesgegenwärtig begann die alte Dame mit ihren Erläuterungen. Sie tippte auf die Aufnahmen; das Papier war kalt und glatt unter ihren Fingerspitzen.

»Das ist Onkel Gustav an seinem achtzigsten Geburtstag, und hier ist Tante Martha, sie war so stolz auf ihren kleinen Garten.« Sie blätterte weiter, begegnete weiteren Menschen, die wichtig gewesen waren in ihrem Leben. Sie seufzte. »Aber sie sind schon lange nicht mehr unter uns«, schloss sie.

Ihre Gäste hatten sich angelegentlich über das Album gebeugt und zu ihren Erklärungen genickt. Jetzt richteten sie sich auf, und wieder stockte der alten Dame der Atem, als sich ihre Blicke trafen. Denn die Gesichter waren ihr nur allzu vertraut – es waren die Gesichter der Toten von den vergilbten Fotografien, die sie in diesem Augenblick vorgeführt hatte! Da waren Onkel Gustav, Tante Martha und all die anderen, die sie sich in Erinnerung gerufen hatte. Als wären die fahlen Gestalten dem Fotoalbum entstiegen, saßen die geliebten Hingeschiedenen quicklebendig in ihrer Wohnung und sahen sie mit freundlicher Erwartung an. Die alte Dame keuchte auf. »Ich ... ich ... hole mal ... will noch jemand Kaffee?« Mit fahrigen Händen schlug sie das Album zu und stand so schnell auf, dass ihr schwarz vor Augen wurde.

Einige hastige Schritte hatten sie nach nebenan gebracht. Atemlos lehnte sie sich gegen ein Bücherregal. Diesmal war sie der Bibliothek in die Falle gegangen. Die alte Dame war mit einer festen Absicht herübergekommen, aber immer, wenn sie in ein anderes Zimmer ging, vergaß sie, was sie gewollt hatte, als wäre ihr Gedächtnis eine kleine schwarze Schiefertafel, von der die Wohnung alles, was sie sich merken wollte, wegwischte, sobald sie über eine Schwelle trat. Ihr Blick fiel auf die Reihe der Buchrücken, und die Titel sagten ihr nichts. Wenn sie es richtig erkannte, waren sie in einer fremden Sprache verfasst, mit durchgestrichenen Buchstaben. Ihre Kinder pflegten aufzuräumen und umzuräumen, wenn sie zu Besuch kamen, aber soweit, ihren Lesestoff auszutauschen, würden sie nicht gehen. Die alte Dame zog einen der Bände heraus, der sich merkwürdig leicht in ihrer Hand anfühlte. Was nicht verwunderlich war, handelte es sich doch nur um eine leere Pappschachtel im Buchformat. Sie stellte sie zurück in die Lücke, und sofort sah es wieder aus wie ein echtes Buch.

Die alte Dame erkannte ihre Wohnung nicht wieder, die Wohnung hatte aufgehört zu kooperieren, verweigerte sich der Bestimmung, *ihre* Wohnung zu sein. Mit Absicht, oder nur aus Nachlässigkeit? Plante sie etwas, und falls ja, war dieser Plan gegen die alte Dame gerichtet? Was hatte sie zu erwarten, wie würde sie damit umgehen, und wie konnte sie sich überhaupt auf etwas vorbereiten, das sie nicht kannte?

Besucher stolzierten, ohne sie zu beachten, umher und klopften hier und da aufs Holz, als wollten sie die Qualität der Möbel prüfen. Dazu ein Scharren hinter der Wand, als würde ihr Heim jetzt auch noch von Ratten heimgesucht. Sich zur Quelle des Geräusches bückend, stieß sie beinahe mit einem Fremden zusammen, der, einen Zollstock schiebend, an der Fußleiste entlangkroch. Er streifte sie nur mit flüchtigem Blick, bevor er in seinem Tun fortfuhr. Als hätte sie eine Strom führende Leitung berührt, zuckte die alte Dame zurück. Das steckte also dahinter, eine Wohnungsbesichtigung! Man plante sie auszuquartieren, den alten Baum zu verpflanzen, vielleicht war sie schon entwurzelt, ohne es bemerkt zu haben!

Aber noch gab sie sich nicht geschlagen. Wenn sie sich als perfekte Gastgeberin präsentierte und damit bewies, dass sie ihren Haushalt im Griff hatte, bestand vielleicht noch Hoffnung, dass sie hierbleiben durfte. Sie riss sich zusammen und konzentrierte sich auf den nächsten Schritt. Was war zu tun? Nun, sie musste in die Küche zurückkehren, denn die Gäste erwarteten, bewirtet zu werden, aber ... sie konnte die Küche nicht mehr finden! Sie irrte über den Flur, schob sich durch die Menschenmenge, schaute durch diese und jene Tür, fühlte sich verloren wie eine Ratte im Labyrinth. Die Küche, die sie endlich erreichte, stellte sich tot ... nein: war tot ... oder eher: war nie lebendig gewesen! Aus dem Wasserhahn floss kein Wasser, der Abfluss war nicht angeschlossen, die Lampe über dem Küchentisch blieb dunkel, und die Hängeschränke, deren Türen sie in fliegender Hast nacheinander aufklappte, waren allesamt leer!

Wo war bloß der Sonntagsbraten, den sie vorbereitet hatte? Sie zog die Tür zum Backofen auf, auch er: kalt und leer, als wäre er niemals benutzt worden. Die alte Dame massierte sich mit geschlossenen Augen die Schläfen. Vielleicht kam alles wieder in Ordnung, wenn sie sich konzentrierte und sich die Dinge so vorstellte, wie sie sein sollten. Das hatte doch vorhin mit dem Fotoalbum auch funktioniert! Sie öffnete ein Auge, schielte in die Küche. Der Zauber wirkte. Da war der Braten, der auf der Anrichte dampfte, auch die Kartoffeln waren fertig, und in der Schublade fand sie Messer und Gabel. Der Kühlschrank hielt sogar eine gekühlte Flasche Wein für sie bereit.

Sie kehrte mit Speis und Trank ins Wohnzimmer zurück, aber ihre Gäste waren verschwunden. Nur ein fremdes Kind turnte über die Polstergarnitur, und die alte Dame hatte Sorge, es könnte mit seinen Schuhen die Bezüge beschmutzen. Bevor sie das Kind zurechtweisen konnte, sprang es auf und rannte hinaus.

»Hier steckst du!« rief eine Stimme in ihrem Rücken. »Hatten wir nicht gesagt, dass wir dich in der Bettenabteilung wieder abholen?«

Wie aus dem Boden gewachsen stand der Sohn mit seiner Frau in der Wohnung der alten Dame. Die beiden erschienen ihr so fremd und deplatziert wie die Buchattrappen in der Bibliothek. Sie ließ sie nicht aus den Augen, als könnten sie sich mit einem Zwinkern in lebensgroße Pappaufsteller verwandeln.

»Wir haben die Möbel gefunden, die wir brauchten«, murmelte ihr Sohn. »Lass uns schnell nach Hause fahren.«

Die alte Dame musterte die müden Gesichter, erkannte den Unmut über Aufgaben, von denen sie nichts wusste, las in ihnen die Spuren von Kämpfen, die sie nicht kannte. Sie wirkten sehr, sehr weit weg, ganz so wie die Fotos in ihrem Geisteralbum. Das erstaunte die alte Dame, ging aber vorbei wie alles andere.

»Seid ihr denn auch schon tot?« fragte sie endlich.

Bibliographische Angaben

Der Fall des Astronauten (1994)
erstveröffentlicht in »daedalos« Nr. 0
Wohnungsnot (1996)
erstveröffentlicht in »500 GRAMM« Nr. 3
Gehet hin in Frieden (1996)
erstveröffentlicht in »Alien Contact« Nr. 25
How do you voodoo? (1996)
erstveröffentlicht in »daedalos« Nr. 4
Das lange Warten (2001)
erstveröffentlicht in »deadalos« Nr. 12
Das Lunarium (2001)
erstveröffentlicht in »Gegen unendlich« Nr. 1
Wo sich die Geister scheiden (2002)
erstveröffentlicht in »Gegen unendlich« Nr. 8 als »Geister, die du riefst«
Zirkelschluß (2009)
erstveröffentlicht in »500 GRAMM« Nr. 0 als »Die Krümmung der Geraden«
Hirngespinst (2010)
erstveröffentlicht in »Lasset uns Menschen machen«
Der Mann im Ei (2013)
erstveröffentlicht in »Abschied von Bleiwenheim«
Heute, Kinder, wird's was geben (2013)
erstveröffentlicht in »Gegen unendlich« Nr. 3
Rechnung mit einer Unbekannten (2016)
erstveröffentlicht in »Gegen unendlich« Nr. 11
Ein begründeter Verdacht (2017)
erstveröffentlicht in »Der letzte Turm vor dem Niemandsland«
Pfeiffkonzert (2017)
erstveröffentlicht in »Das Alien tanzt Kasatschok«
Die Zukunft ruft an (2018)
erstveröffentlicht in »Gegen unendlich« Nr. 13 als »Fünf-Minuten-Schicksal«
Eine Million Affen (2018)
erstveröffentlicht in »Das Alien tanzt Polka«
Der Stoff, aus dem die Schatten sind (2019)
erstveröffentlicht in »Gegen unendlich« Nr. 14
Aufwachen (2020)
erstveröffentlicht in »Gegen unendlich« Nr. 16
Durch den Magen (2022)
erstveröffentlicht in »Das Alien tanzt im Schlaraffenland«
Allein zu Haus (2022)
erstveröffentlicht in »Gegen unendlich« Nr. 17

Zum Autor

Andreas Fieberg (* 1964) arbeitet hauptberuflich als Mediengestalter und übt daneben verschiedene Herausgeber- und Lektoratstätigkeiten aus, gelegentlich Übersetzungen. Einige seiner Kurzgeschichten waren für den Kurd-Laßwitz-Preis und den SFCD-Literaturpreis nominiert, mit letzterem wurde »Der Fall des Astronauten« ausgezeichnet. Von ihm erschienen: »Der Traumprojektor. Skurrile Geschichten«, vhk, und »Abschied von Bleiwenheim« (als Hrsg.), eine Anthologie in memoriam Hubert Katzmarz, und als Fortsetzung »Willkommen in Bleiwenheim« (zusammen mit Ellen Norten), beide p.machinery.

Er zeichnet für die Reihe *Gegen unendlich. Phantastische Geschichten* verantwortlich, die in unregelmäßigen Abständen fein erzählte Phantastik abseits des Herkömmlichen bringt.

Außerdem ist er gemeinsam mit Michael Siefener und Ellen Norten Herausgeber des von Hubert Katzmarz gegründeten *daedalos. Story Reader für Phantastik.*

edition gedankenstrich

Band 1	peter linden: *felsenzart*
Band 2	Uli Kaup: *Die innere Stimme tritt von außen an dich heran*
Band 3	Uli Kaup: *Das Weltall hat Türen nach innen. Überall*
Band 4	Uli Kaup: *Nichts kommt dir je so nahe wie die Abwesenheit*
Band 5	Richard Lennek: *Gespräche im Lapidarium*
Band 6	peter linden: *lindenblüten*
Band 7	peter linden: *keramikvasen im design der 50er und 60er jahre*
Band 8	Andreas Fieberg: *Im All ist immer Mitternacht*